W0032300

Dino

In der Buchreihe zur RTL-Serie „Hinter Gittern“
sind bisher erschienen:

Band 1: Die Geschichte der Susanne Teubner
Band 2: Die Geschichte der Blondie Koschinski
Band 3: Die Geschichte der Vivien Andraschek
Band 4: Die Geschichte der Christine Walter
Band 5: Die Geschichte der Katrin Tornow
Band 6: Maximilian Ahrens – Ein Leben hinter Gittern
Band 7: Die Geschichte der Sabine Sanders
Band 8: Die Geschichte der Margarethe Korsch
Band 9: Die Geschichte der Conny Starck
Band 10: Walter – Liebe hinter Gittern Teil 1
Band 11: Die Geschichte der Mona Suttner
Band 12: Die Geschichte der Sofia Monetti
Band 13: Die Geschichte der Jule Neumann
Band 14: Die Geschichte der Eva Baal
Band 15: Walter – Liebe hinter Gittern Teil 2
Band 16: Jutta Adler und die Liebe
Band 17: Die Vattkes – auf Leben und Tod
Band 18: Die Geschichte der Anna Talberg
Band 19: Die Geschichte der Uschi König

Sonderbände:
Die Stars – Inside & Outside
Hinter Gittern – Was bisher geschah …

Gabi Grimm

HINTER GITTERN
der Frauenknast

Die Geschichte der Bea Hansen

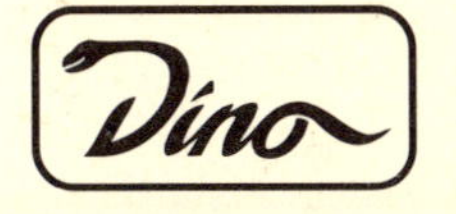

Die Deutsche Bibliothek – CIP-Einheitsaufnahme
Ein Titeldatensatz für diese Publikation ist bei der Deutschen Bibliothek erhältlich.
Bd. 20: Die Geschichte der Bea Hansen

Vielen Dank an Anja Schierl, Redakteurin für „Hinter Gittern“ bei RTL, für ihren Einsatz und ihre Unterstützung bei der Entstehung dieses Buches.

Dieses Buch wurde auf chlorfreiem, umweltfreundlich hergestelltem Papier gedruckt

Das Buch wurde auf Grundlage der RTL-Serie „Hinter Gittern – der Frauenknast“ verfasst. Die hier niedergeschriebenen Geschichten sind frei erfunden. Übereinstimmungen mit lebenden oder verstorbenen Personen sind nicht beabsichtigt und wären rein zufällig.
Mit freundlicher Genehmigung von RTL
Redaktion: Waltraud Ries
Lektorat: Susanne Wahl
Fotos: U1 Stefan Erhard, U4 Heyde & Pausch
Umschlaggestaltung: TAB-WERBUNG / Holger Stracker, Nina Ottow, Stuttgart
Satz: Greiner & Reichel, Köln
Druck: Ebner, Ulm
ISBN: 3-89748-572-9

1

„Bea, es hat schon wieder geklingelt. Machst du auf?"

Corinna wusste, dass ihre Tochter nichts lieber tat als das. Und schon trippelten die kleinen Füße über das Parkett des endlos langen Flures, hin zur weiß gestrichenen Wohnungstür mit den zwei Fensterchen aus Milchglas.

„Ich gehe schon", rief Bea im Laufen und hatte gleich darauf die Klinke in der Hand.

„Hallo", begrüßte Bea die beiden Studentinnen, schenkte ihnen ein strahlendes Lächeln und hielt ihnen die Tür auf, damit sie hereinkommen konnten.

„Hallo Bea, na, wie geht's?"

„Gut. Corinna ist in der Küche, macht Tee."

„Schön warm ist es hier drinnen. Ungemütliches Wetter, es fängt bestimmt bald an zu schneien."

Die zwei kannten sich aus in der Wohnung. Sie hängten ihre Jacken an die Garderobe und gingen zielstrebig auf das geräumige Wohnzimmer am Ende des Flures zu. An der geöffneten Küchentür machten sie kurz Halt.

„Hallo Corinna, sollen wir dir helfen?“

Corinna hielt die braune Teekanne aus Ton in der Hand.

„Nicht nötig, geht schon ins Wohnzimmer zu den anderen, ich komme sofort. Den Tee bringe ich mit. Ach halt, ihr könntet noch Becher mitnehmen.“

„Ich möchte auch etwas tragen“, rief Bea dazwischen.

„Nimm deine Tasse mit! Ich hab dir Früchtetee gemacht.“

Lächelnd sah Corinna auf ihre kleine Tochter, die sich die Tasse mit dem Bären vom Tisch nahm und den beiden Studentinnen hinterherlief. Seit drei Jahren hatte Corinna eine Professur für Germanistik und die Oberseminare, an denen die fortgeschrittenen Studenten teilnahmen, ließ sie gern zu Hause stattfinden. An Platz mangelte es nicht in der Zweihundert-Quadratmeter-Altbauwohnung, die vollgestopft war mit Büchern und allerlei antiken Möbeln, die ihr Mann Simon von seinen Eltern bekommen hatte.

Corinna bahnte sich mit der Teekanne einen Weg durch die auf dem Boden sitzenden Studenten, in der Mehrzahl Frauen. Bea mittendrin, wie ein Fisch im Wasser. Mit ihren fünf Jahren konnte sie kaum ein Wort verstehen von dem, was da besprochen wurde. Aber sie schien sich kein bisschen zu langweilen, sondern hörte aufmerksam zu.

„Mama, Corinna, wo ist mein Tee?“

„Den hol ich dir gleich noch. Ihr könnt euch schon mal einschenken.“

Corinna drückte einer Studentin die Teekanne in die Hand und verschwand kurz noch einmal in die Küche. Als sie zurückkam, wurde es stiller.

„Bea, komm, setz dich zu mir!“

Christine, eine junge Frau mit streichholzkurzen Haaren und einer runden Brille, winkte Bea zu sich. Sie winkelte die Beine an, sodass das Kind sich dazwischensetzen konnte. Behaglich schmiegte sich Bea an Christine, in der Hand die Tasse mit dem Früchtetee.

„Ich denke, wir können anfangen“, setzte Corinna an zu sprechen, und schlagartig wurde es still.

„Wir wollen uns heute mit der Frage der Utopie bei Christa Wolf beschäftigen. U-Topos, der Nicht-Ort, das Nirgendland, auch der Ort, den man sich wünscht für die Zukunft ...“

Fast zwei Stunden wurde konzentriert diskutiert. Die ganze Zeit saß Bea in Christines Armen, mit glänzenden Augen und offenen Ohren. Die Wörter schwirrten an ihr vorbei, aber die Melodie blieb ihr im Ohr. Es war wie abends, wenn Simon ihr aus „Pu der Bär“ vorlas.

„Christine?“

„Ja, Bea.“

„Kennst du ‚Pu der Bär‘“?

„Das Buch? Ja, kenn ich.“

„Pu will immer Geschichten hören, und immer welche über sich selbst!“

„Hm. Vielleicht hört man Geschichten über sich selbst am liebsten.“

„Kannst du mir eine über mich erzählen?“

„Ich weiß nicht. Wir können es ja mal versuchen. Es war einmal ein kleines Mädchen mit langen, blonden Haaren. Das lebte mit seinen Eltern in einer schönen, großen Wohnung in Hamburg. Wenn es aus dem Fenster schaute, sah es das Wasser der Alster und die Segelschiffe, und es wollte auch mit so einem Segelschiff fahren, weit weg in ein anderes Land."

„Aber Corinna und Simon sollen mitkommen. Und ihr auch."

Christine lachte.

„Ja klar, wir kommen alle mit."

Jetzt erhob sich das Stimmengewirr wieder, einige Studenten brachen schon auf und trugen die Becher in die Küche.

Nachdem alle gegangen waren, stand Corinna in der Küche an der Spüle. Bea saß am Tisch und malte mit Buntstiften auf einem Blatt Papier.

„Mama, ich male dich und die Studenten."

„Fein, zeig mal, wenn du fertig bist."

Corinna war mit ihren Gedanken noch bei dem Seminar. Sie liebte ihren Beruf und genoss es, mit den Studenten zusammen über Literatur zu reden. Schon in der Schule war Deutsch ihr Lieblingsfach gewesen, und später hatte sie alles gelesen, was sie in die Finger kriegte. Dann wollte sie ihre Leidenschaft zum Beruf machen, hatte begonnen, Germanistik zu studieren und war in die Studentenbewegung geraten, die all ihre Vorstellungen und Werte in Frage gestellt hatte. Am Ende aber war die Liebe zur Literatur geblieben, und Corinna hatte an der Universität Karriere gemacht, Doktorarbeit, Assistentenstelle, schließlich eine Professur. Dabei war sie noch jung. Ja, sie konnte stolz auf das sein, was sie erreicht hatte.

„Simon, die Studenten waren da, und jetzt male ich ein Bild."

Corinna hatte gar nicht gehört, dass ihr Mann in die Küche gekommen war. Erst als sie Bea sprechen hörte, wandte sie sich um.

„Simon, bist du schon da?"

„Ja, ich bin heute etwas früher aus dem Institut weggegangen. Aber nachher muss ich noch mal zu einer Sitzung. Es ist wichtig, weil darüber verhandelt wird, ob wir mehr Gelder bekommen."

Simon war Professor für Geographie und auf dem besten Wege, in seinem Fach eine Berühmtheit zu werden. Am liebsten wäre er unbemerkt eine Weile an der Küchentür stehen geblieben und hätte die Szene weiter beobachtet: Bea, in ihr Malen vertieft und Corinna beim Abwaschen, in Gedanken versunken. Wie schön sie war! Mit Mitte dreißig noch mädchenhaft schlank, in Jeans und Pullover und die blonden Haare zu einem Zopf geflochten, der lang den Rücken hinabhing. Am schönsten aber war ihre Begeisterung, sie blühte immer auf, wenn sie Ideen entwickeln konnte, mit anderen zusammen auf neue Gedanken kam.

„Isst du mit uns zu Abend oder gehst du vorher schon?"

Corinna drehte sich zu ihm um und lächelte ihn an.

„Ich esse mit euch. Die Sitzung beginnt erst um 19 Uhr. Ich decke dann mal den Tisch."

Für Simon war es selbstverständlich, dass er im Haushalt genauso viel tat wie Corinna. Schließlich arbeiteten sie beide, und außerdem waren sie durch die strenge Lehre einer Wohngemeinschaft gegangen. Jetzt verdienten sie allerdings so viel Geld, dass sie sich eine Hilfe leisten konnten.

„Bea, rückst du ein kleines Stück zur Seite?"

„Das Bild ist fertig. Hier!"

Bea hielt ihr Gemälde hoch.

„Das da bin ich", rief sie und zeigte auf eine Figur in der Mitte, um die herum im Kreis viele Menschen angeordnet waren.

„Und das ist Corinna, nehme ich an."

Simon zeigte auf eine Person mit einem Zopf außerhalb des Kreises.

„Ja."

„Und wo bin ich?"

„Du bist nicht da. Du bist auf einem anderen Bild."

„Na, schön. Das malst du mir noch, ja?"

„Jetzt nicht, vielleicht morgen."

„Apropos morgen. Ich bin morgen den ganzen Tag beschäftigt. Du bist auch in der Uni, Corinna, oder?"

„Morgen, ja, da hab ich Sprechstunde und zwei Seminare, und danach haben wir noch eine Institutskonferenz."

„Dann bringe ich Bea am besten gleich morgens in den Kinderladen. Ist das in Ordnung, Bea?"

„Ja, gut. Vielleicht haben sie das Theater aufgebaut."

Im Kinderladen gab es zu Beas Entzücken eine Puppenbühne mit Figuren. Manchmal führten die Betreuer kleine Stücke auf oder die Kinder durften selbst mit den Figuren spielen.

„Ich hole dich dann am Abend wieder ab, ja, Bea?"

Corinna hatte keine Bedenken, Bea den ganzen Tag im Kinderladen zu lassen. Das Mädchen konnte sich allein oder mit anderen gut beschäftigen. Noch nie hatte sie geweint oder sich einsam gefühlt. Bea hatte wirklich ein sonniges Gemüt und war bei allen beliebt.

Simon hatte schnell einen Salat gezaubert und Brot und Käse auf den Tisch gestellt.

„War dein Oberseminar erfolgreich?"

„Ich bin immer wieder erstaunt, was die wissen und welche Gedanken die entwickeln können. Wirklich toll. Heute Abend hab ich noch ziemlich viel zu tun, die Seminare für morgen vorbereiten, und Examensarbeiten sind auch liegen geblieben."

Energisch warf Corinna ihren Zopf über die Schulter nach hinten und sah ihre Tochter an.

„Und bei dir, meine Süße? Wie sieht es denn so aus mit der Müdigkeit?"

„Ist noch nicht richtig da."

„Aha, das heißt, du möchtest noch aufbleiben?"

„Noch ein bisschen malen."

„Gut, eine halbe Stunde. Dann Zähne putzen und ins Bett. Ich lese dir noch etwas aus Pu vor, anstelle von Simon. Der kann das natürlich viel besser, aber ich werde mir Mühe geben."

„So schlecht bist du nicht, Corinna."

„Freut mich, wenn meine Lesekünste vor deinen Augen Gnade finden."

Simon räumte das Geschirr ab und lachte in sich hinein, als er das Geplänkel zwischen Bea und Corinna hörte. Er fand seine Tochter äußerst charmant und musste sich immer bemühen, das nicht zu sehr zu zeigen. Schließlich sollte sie nicht eitel werden. Aber sie war wirklich so fröhlich und reizend, dass er ihr immer wieder erlag.

„So, ich verlass euch jetzt mal und geh zu meiner Sitzung."

„Tschüss, Papa."
„Tschüss, Simon."
Er nahm seine Aktentasche und verschwand.
„Bea, ich gehe in mein Arbeitszimmer. Wenn du deine Zähne geputzt hast, ruf mich, ja?"
Corinna seufzte ein wenig, als sie den Berg Papier auf ihrem Schreibtisch sah. Sie zündete sich eine Zigarette an. Das Rauchen hatte sie eingeschränkt, eigentlich wollte sie ganz aufhören, aber in Situationen wie diesen, wenn ihre Konzentration gefordert war, konnte sie nicht widerstehen. Sie sog den Rauch tief ein. Mit Simon hatte sie ausgemacht, dass sie nur in ihrem Arbeitszimmer rauchte. Simon ... ihr Mann. Merkwürdig, wie sich alles veränderte. Sie dachte daran, als sie sich kennen gelernt hatten. Das war damals in den wilden Zeiten der Studentenbewegung gewesen, sie hatten gemeinsam in einer Wohngemeinschaft am Fischmarkt gewohnt. Nächtelang hatten sie diskutiert, an Demonstrationen teilgenommen, die freie Liebe und Überwindung der ehelichen Unfreiheit befürwortet und waren auch nicht zimperlich gewesen, das selbst zu praktizieren. Und dann hatte sie irgendwann die Liebe erwischt, die sie nicht mehr mit anderen teilen wollten. Corinna lachte in sich hinein. Sie erinnerte sich noch gut. Den Knöchel hatte sie sich verstaucht und musste auf dem Sofa liegen bleiben, als die anderen auf eine Demonstration gingen. Simon hatte ihr einen Tee gekocht, und dann waren sie so ins Reden gekommen, dass auch er alles andere vergaß und bei ihr blieb. Er hatte ihr immer wieder kalte Umschläge um den Fuß gelegt, und irgendwann hatten sie statt Tee Wein getrunken und Miles Davis gehört. Als die

anderen spät zurückkamen, waren sie immer noch ins Gespräch vertieft gewesen und fast erschrocken, daraus aufgeschreckt zu werden.

„Mama, ich bin fertig mit Zähneputzen."

Beas Stimme drang durch die offene Tür.

„Ja, gut, ich komme."

Corinna stand auf und stieg über die Berge von Büchern, die sich auf dem Boden stapelten. Sie steckte sich einen Pfefferminzbonbon in den Mund, um den Zigarettengeruch zu überdecken. Bea mochte nicht, wenn sie nach Rauch roch. Sie ging den langen Flur entlang, wo auf der linken Seite Beas Zimmer war. Die Kleine lag schon im Bett und schaute auf den großen Mond, der als Lampe von der Decke hing. Die langen Haare rahmten das Gesicht auf dem Kopfkissen ein. Bea sah glücklich aus, wie sie dalag, auf ihre Geschichte wartete und bald in einen tiefen Schlaf sinken würde.

„Noch ein bisschen ‚Pu der Bär', ja?"

„Ja, klar, hab ich doch versprochen."

Und Corinna begann zu lesen. Beas Augen fielen allmählich zu.

„Christopher Robin sah ihm liebevoll nach und murmelte: ‚Dummer alter Bär.'"

Beas Atem ging ganz regelmäßig. Corinna legte das Buch beiseite, küsste ihre Tochter auf die Stirn und löschte das Licht. Die Tür ließ sie einen Spalt offen, für den Fall, dass Bea aufwachte und sie rief. Dann ging sie wieder in ihr Arbeitszimmer und widmete sich endlich der Seminarvorbereitung. Sie war so vertieft in die Arbeit, dass sie nicht bemerkte, als Simon hinter ihr stand.

„Das hab ich befürchtet. Du bist noch auf. Es ist schon fast ein Uhr."

„Oh, ich habe nicht auf die Uhr gesehen. Wenn man erst mal anfängt, vergeht die Zeit so schnell. Aber ich höre jetzt auf. Trinken wir noch ein Glas Wein zusammen?"

„Ja, gut, aber lass uns bald ins Bett gehen, es wird morgen ein anstrengender Tag, auch für dich."

Simon und Corinna setzten sich auf das Sofa im Wohnzimmer, Simon schenkte Wein ein. Er strich über Corinnas Haare.

„Mach sie auf, bitte!"

Corinna löste den geflochtenen Zopf, bis ihr Haar in Wellen über den Rücken fiel. Sie wusste, dass Simon ihre Haare liebte. Er nahm sie in die Hand und hielt sie an sein Gesicht. Der Zauber wirkte nach zwölf Jahren immer noch. Corinna wandte ihm das Gesicht zu und sah ihn liebevoll an. Zwölf Jahre gegenseitiger Respekt, auch in schwierigen Zeiten, darauf konnten sie stolz sein. Sowohl bei ihr als auch bei Simon hatte es Liebeleien gegeben, kurze Beziehungen mit anderen Personen, die aber ihre gemeinsame Liebe nicht gefährdet hatten. Sie wollten sich die Freiheit lassen, auch andere Erfahrungen zu machen, und hatten immer wieder zueinander gefunden.

„Simon?"

„Hm."

„Es geht uns ziemlich gut, nicht?"

„Ja. Wohl wahr. Seitdem meine Eltern beschlossen haben, mich nicht mehr zu verbannen, noch besser. Ich freue mich allein schon wegen Bea. Es ist wirklich nicht schön, ohne

Großeltern aufzuwachsen. Und sie lieben das Kind über alles."

Corinna schmiegte sich an Simon. Er küsste ihre Stirn, ihre Nase, ihre Augen, dann ihren Mund. Corinna drängte sich an ihn, leidenschaftlicher. Er umfasste ihre schmale Taille und bog ihren Oberkörper nach hinten. Corinna war biegsam wie eine Feder, sie schlang ihre Beine um sein Becken.

„Ich trag dich ins Bett."

„Wenn du das noch schaffst", lachte Corinna.

„Und ob ich das schaffe, deine fünfzig Kilo."

Er stemmte sich hoch. Corinna saß auf seiner Hüfte, lachte und ließ sich von ihm ins Schlafzimmer tragen.

„Denk daran, wir müssen morgen früh aufstehen!"

„Zu spät – zum Denken, meine ich."

2

„Heute Abend holt dich Corinna wieder ab. Und wenn irgendwas ist, kannst du die Oma anrufen. Tschüss, Bea."

Simon hatte Bea im Kinderladen der Universität abgesetzt.

„In Ordnung, Papa, tschüss."

Bea sah sich in dem großen Zimmer der Souterrainwohnung um, und ihre Augen begannen zu leuchten, als sie in der Ecke die Puppenbühne sah.

„Na, Bea, bist du schon wieder auf der Suche nach dem Theater?"

Die Betreuerin, die Beas Vorliebe kannte, nickte ihr freundlich zu.

„Ihr könnt ruhig mit den Figuren spielen, und heute Mittag machen wir eine kleine Aufführung."

„Oh ja!"

Voller Begeisterung fragte Bea zwei andere Kinder, ob sie mit ihr spielen wollten, und dann saßen die drei den ganzen Vormittag ins Spiel mit den Figuren vertieft, nahmen mal das

Krokodil, mal den Polizisten oder den Arzt in die Hand. Beas Lieblingspuppe war der Bär, und sie stellte sich vor, dass es der Pu aus ihren Gute-Nacht-Geschichten war. Als am Mittag die zweite Erzieherin kam, wurde das Puppentheater in die Mitte des Raumes gestellt und die Kinder setzten sich in einem Halbkreis davor auf den Boden. Dann traten die Figuren auf und der Bär stahl den Bienen den Honig, der Polizist haute ihm eins mit der Rute über den Rücken, und der Arzt bandagierte ihn, damit er wieder gesund wurde. Bea zitterte fast vor Aufregung, und als der Zauberer kam und alle unsichtbar machte, schrie sie vor Angst, und dann vor Erleichterung, als die Fee den Zauber wieder aufhob.

„So, jetzt ist es genug! Ihr setzt euch hin und malt ein bisschen oder nehmt euch den Karton mit den Legosteinen."

Die Erzieher versuchten, die Kinder nach dem aufregenden Spiel wieder zur Ruhe zu bringen. Als Corinna am Abend kam, saß Bea noch immer am Tisch und malte, fünf Bilder waren bereits fertig, mit einem Krokodil, einem Bären und dem Zauberer.

„Mama, das war so toll!", rief Bea ihrer Mutter entgegen.

„Hallo, Frau Hansen, Bea ist völlig begeistert von dem Puppentheater, sie hat den ganzen Vormittag mit den Figuren gespielt. Hat sehr viel Fantasie, das Kind."

Die Erzieherin machte kein Hehl daraus, dass sie Bea besonders schätzte.

„Gut, dass Sie das sagen. Vielleicht sollte man das wirklich fördern. Wir werden uns was überlegen. Am Freitag werde ich Bea noch einmal bringen, die übrigen Tage sind entweder mein Mann oder ich zu Hause."

„Sie haben es gut, dass Sie Ihre Zeit so einteilen können."

„Ja, das stimmt. Es hat Vorteile, wenn man zu Hause arbeiten kann. Aber manchmal auch Nachteile", lachte Corinna.

„Komm Bea, wir gehen."

„Tschüss!" Bea winkte in die Runde, und die Kinder winkten zurück.

Corinna nahm Bea bei der Hand, als sie die Stufen hinauf auf die Straße stiegen. Die Universität, der Kinderladen und die Wohnung lagen so nah beieinander, dass sie zu Fuß gehen konnten.

„Setz besser die Kapuze auf, es ist kalt."

Sie waren kaum ein paar Schritte gegangen, da fielen die ersten Flocken vom Himmel.

„Schnee", rief Bea vergnügt und streckte ihre Zunge raus, um die Flocken zu fangen.

„Ziemlich früh, Anfang Dezember. Zu Weihnachten wird's dann wieder so warm, dass man draußen sitzen kann. Komisches Wetter."

„Corinna?"

„Ja."

„Gehen wir Weihnachten zu Oma und Opa?"

„Natürlich."

So natürlich war das noch nicht lange, dachte Corinna. Simons Eltern hatten jahrelang jeden Kontakt zu ihrem Sohn abgebrochen, und erst durch Beas Geburt hatten sie wieder zueinander gefunden. Als Simon sich damals entschieden hatte, nicht in die Fußstapfen seines Vaters zu treten und Bankier zu werden, sondern „nur" Geographie zu studieren, und als er dann noch in der Studentenbewegung aktiv wurde und auf Demonstrationen zu sehen war, hatten ihm die Eltern das Haus verboten und wollten ihren Sohn nie wieder sehen. Besonders pikant war eine Situation gewesen, als die Hansens mit Geschäftspartnern zu einem Theaterabend ins Schauspielhaus gingen und die Aufführung gar nicht stattfinden konnte, weil eine Gruppe von Studenten die Bühne besetzt hatte. Unter ihnen war auch ihr Sohn Simon gewesen. Kein Wort hatten die Eltern mehr mit Simon geredet. Vermutlich hätten sie ihn sogar enterbt, wenn er nicht doch noch zu einem – in ihren Augen – vernünftigen Leben zurückgefunden hätte. Aber das ganze Vermögen interessierte Simon sowieso nicht. Er hatte bewiesen, dass er es aus eigener Kraft geschafft hatte, ohne das Geld und die Beziehungen seines Vaters, in einem Fach, das mit Banken nicht das Geringste zu tun hatte. Für Bea war es schön, dass sie die Großeltern in ihrem herrlichen Haus mit dem großen Park am Elbufer besuchen konnte. Besonders die Weihnachtsfeste mochte sie sehr. Für Simon waren die Eltern immer noch ein heikles Thema. Er konnte die Vergangenheit nicht ganz vergessen, aber Bea zuliebe nahm er sich zusammen.

„Wir müssen überlegen, was wir Oma und Opa schenken", sagte Bea in Corinnas Gedanken hinein.

„Was hältst du davon, wenn du ihnen ein Bild malst?"

„Kann ich machen, vielleicht eins mit Schnee, und Ole muss auch drauf sein."

Ole, den schwarzen Labrador der Großeltern, hatte Bea sehr gern. Mit ihm durfte sie alleine im Park herumstromern, denn Ole kannte jedes Fleckchen und passte gut auf

Bea auf. Unter den riesigen Rhododendrenbüschen konnte sie sich im Sommer mit Ole verstecken und so tun, als seien sie in einem Wigwam.

„Na, dann hast du ja schon ein Geschenk."

Für sie und Simon war das weitaus schwieriger. Hansens legten Wert auf Originalität, und da sie eigentlich alles hatten, musste es immer etwas ausgefallen Unbrauchbares sein.

„Wie lange ist es noch bis Weihnachten?"

„Noch ungefähr drei Wochen."

Corinna dachte daran, wie sie früher überhaupt keinen Wert auf Weihnachten gelegt hatten. In der Wohngemeinschaft damals wurde das sowieso ignoriert, allenfalls kochten sie gemeinsam, und es gab mal nicht Spaghetti Bolognese, sondern einen Sauerbraten mit Rotkohl. Aber auch danach, als Simon und sie schon ihre Wohnung hatten, waren sie einfach spazieren gegangen, hatten ein bisschen gelesen und eine Flasche Wein getrunken. Sie hatten nichts vermisst. Aber mit Bea war das natürlich anders.

„Komm, wir gehen schnell noch in den Laden und kaufen Milch, zu Hause ist keine mehr. Dann mach ich dir einen Kakao zum Abendessen, ja?"

„Kakao ist gut."

Corinna ging voran in den kleinen Laden, in dem natürlich alles teurer war als woanders. Aber was sollte man machen, wenn man gerade auf dem Weg nach Hause war. Mit dem Auto fuhren sie einmal in der Woche zu einem großen Supermarkt, aber oft reichten die Einkäufe nicht die ganze Woche. Obst und Gemüse kaufte Simon auf dem Wochenmarkt.

„Brauchen wir sonst noch was?“

„Mama, wir sollten Simon seinen Lieblingsjoghurt mit Zitrone mitbringen. Heute Morgen wollte er einen essen, und da war keiner mehr da.“

„Eine gute Idee. Der kann froh sein, dass er dich hat.“

„Ist er auch.“

„Klar.“

Corinna lachte.

Als sie zu Hause ankamen, stand Simon schon in der Küche. Es duftete nach Bratkartoffeln.

„Hmm, lecker.“

Corinna nahm eine Gabel und naschte aus der Pfanne.

„Hey, hier wird gewartet, bis das Essen auf den Tisch kommt.“

„Warten macht aber keinen Spaß.“

„Ich möchte auch naschen“, meldete sich Bea.

„Da siehst du, was du anrichtest mit deinen Erziehungsmethoden.“

Corinna hielt Bea eine Gabel mit Bratkartoffeln hin.

„Komm, Bea, du kriegst auch was direkt aus der Pfanne. Aber dann mache ich dir erst mal einen Kakao. Ich habe Milch mitgebracht, wir hatten keine mehr. Und hier, sieh mal, woran deine Tochter gedacht hat.“

„Zitronenjoghurt. Bea, du bist die Beste. Setzt euch schon mal. Die Kartoffeln sind gleich fertig, der Quark steht auf dem Tisch.“

„Bea hat mich heute daran erinnert, dass bald Weihnachten ist. Wir müssen an deine Eltern denken.“

„Oh je, das habe ich gut verdrängt. Geschenke sind angesagt, ja?"

„Kommen wir wohl nicht drum herum."

„Meine Mutter hat noch gar nicht angerufen wegen Weihnachten. Sonst macht sie das mindestens sechs Wochen im Voraus. Wahrscheinlich erwartet sie, dass wir uns melden."

„Dann ruf sie doch morgen an und sag ihr, dass wir am Heiligen Abend zu ihnen zum Essen kommen und auch die Bescherung für Bea dort machen."

Simon seufzte. Es würde ihm nichts anderes übrig bleiben.

Schnee gab es nicht. Es war sogar wieder etwas wärmer geworden, und am 24. Dezember wehte ein leichter Wind die Regenwolken weg. Bea lief den ganzen Tag aufgeregt in der Wohnung herum. Sie warf immer wieder einen Blick auf die Bilder, die sie für Oma und Opa gemalt hatte. Für Ole musste eine extra dicke Wurst gekauft werden, darauf hatte sie bestanden.

„Du kannst dich schon mal umziehen, Bea."

Corinna hatte ein neues Kleid für Bea gekauft. Sonst trug sie ausschließlich Hosen, aber Simons Eltern legten Wert auf festliche Kleidung. Kurze Zeit später stand Bea in dem dunkelblauen Kleidchen mit weißem Kragen, weißen Strumpfhosen und Lackschuhen im Flur und drehte sich.

„Haben wir ein neues Kind bekommen?"

Simon schaute aus dem Schlafzimmer heraus und scherzte mit Bea, die das Ganze wie ein Spiel, eine Maskerade betrachtete.

„Ja, ich bin nicht Bea."

„Wer bist du denn?"

„Ich heiße Ursula, und mein Papa ist auch nicht mehr Simon."

„Da hast du wahrscheinlich Recht."

Simon lächelte. Ein bisschen wie Verkleidung kam ihm sein Aufzug vor, obwohl er sich schon lange an Anzüge gewöhnt hatte. Bei den Besuchen bei seinen Eltern war er immer etwas angespannt. Und an Weihnachten schienen die Erwartungen besonders hoch zu sein. Längst hatte er sich mit seinen Eltern versöhnt, aber er wurde das Gefühl nicht los, sich ständig für sein Leben rechtfertigen zu müssen. Seine Eltern meinten es sicher gut, aber sie versuchten ihn in eine Ecke zu drängen, in die er nicht wollte.

Corinna kam aus dem Bad und trug etwas Kurzes, Schwarzes, Elegantes. Die Haare hatte sie hochgesteckt.

„Hey, ist das nicht zu schade für den Anlass?"

„Letzte Gelegenheit. Demnächst werde ich da nicht mehr reinpassen."

„Was? Was willst du damit sagen?"

„Ist vielleicht nicht der allerbeste Moment, aber wenn wir schon mal dabei sind: Ich bin schwanger, im zweiten Monat."

„Corinna, das ist ja wunderbar. Das haben wir genau richtig hingekriegt."

„Von Wunder kann keine Rede sein, wir haben es doch geradezu darauf angelegt. Aber es stimmt, der Zeitpunkt ist ganz günstig. Wenn die Geburt im Juli ist, brauche ich nicht mal ein Semester auszusetzen."

„Bea", rief Simon in den Flur, „du bekommst ..."

„Einen Bruder", ergänzte Corinna, „es wird ein Junge, ich habe die Untersuchung machen lassen."

„Wir kriegen ein Kind?", fragte Bea mit großen Augen.

Corinna und Simon lachten laut los.

„Ja, wir kriegen ein Kind, wir alle drei."

Im Auto fuhren sie die Elbchaussee Richtung Blankenese. Dann bog Simon links in einen Weg ein, der an einem großen Tor endete. Er stieg aus und klingelte. Das Tor ging auf, und sie gelangten über die Zufahrt zu der weißen Villa, deren Eingang hell erleuchtet war. Bea lief ihren Großeltern entgegen, die schon an der Tür warteten.

„Kind, nicht so stürmisch! Komm her, meine Kleine, lass dich umarmen."

Charlotte Hansen beugte sich hinunter zu ihrer Enkelin und begrüßte sie mit einem Kuss auf die Wange.

„Oma, Opa, fröhliche Weihnachten. Wo ist Ole?"

„Der ist im Haus, wartet schon auf dich."

Corinna und Simon waren inzwischen auch ausgestiegen und trugen den großen Korb mit den Geschenken.

„Mutter, Vater, schön, euch zu sehen."

„Kommt herein, Kinder."

Ein würdevolles Paar, dachte Corinna, als sie Roman und Charlotte Hansen vor ihrem Haus stehen sah. Ihr Schwiegervater stammte aus einer alten jüdischen Bankiersfamilie, die sich gemischt hatte mit hanseatischen Kaufmannsgeschlechtern, Charlottes Eltern hatten eine große Reederei besessen. Es musste für sie ein schwerer Schlag gewesen sein, dass ihr einziger Sohn von all dem nichts wissen wollte und die Tradition mit ihm aussterben würde. Wie gerade sie sich hielten, Arm in Arm gingen sie durch das große Portal in die Eingangshalle.

Dort saß Bea auf dem Boden. Ole hatte sie in seiner Freude umgeworfen und lief schwanzwedelnd um sie herum.

„Ole, sitz!"

Roman Hansen rief den Hund zurück und half Bea auf die Beine. Die lachte aber nur und umarmte Ole schon wieder.

An die Eingangshalle schloss sich der so genannte Salon an, ein Raum, der sich über das halbe Erdgeschoss erstreckte.

„Oh", staunte Bea, als sie den Weihnachtsbaum sah, der fast bis zur Decke reichte und mit roten und goldenen Kugeln und Kerzen geschmückt war. Darunter lagen große und kleine Päckchen in buntem Papier.

„Dann wollen wir mal zu Tisch gehen."

Die große Tafel im Esszimmer war festlich gedeckt.

„Setzt euch! Ein Glas Champagner zum Anstoßen. Und für Bea einen Holundersaft mit Sprudel."

Herr Hansen reichte die Gläser.

„Zum Wohl allerseits!"

„Vater, Mutter", begann Simon, „wir wollten euch etwas mitteilen, was euch vermutlich freuen wird. Ihr bekommt noch einen Enkel, im Juli wird es so weit sein."

„Das ist aber schön! Ja, da freuen wir uns sehr. Ihr wisst schon, dass es ein Junge wird?"

„Ja, Corinna hat einen Test machen lassen."

„Auf die Nachricht stoßen wir gleich noch mal an. Auf den Enkel! Und nun wird gegessen."

Ein Diener ging herum und servierte die Vorspeise, eine Lachscremesuppe mit Dill. Bea wusste, dass die Großeltern anders aßen als sie zu Hause, und sie hatte sich an die weißen Stoffservietten und das viele Besteck gewöhnt. Die Großmutter hatte ihr mal genau erklärt, wie man es benutzte, von außen nach innen. War eigentlich ganz einfach und machte Spaß. Sie wusste, dass man sich nicht einfach etwas vom Teller nahm, sondern wartete, bis man bedient wurde. Corinna musterte ihre Tochter aus dem Augenwinkel. Wie anmutig sie dasaß. Man konnte meinen, sie hätte ihr Leben lang nichts anderes getan. Ihre Wandlungsfähigkeit war schon erstaunlich, als würde sie in verschiedene Rollen schlüpfen wie im Theater. Und es schien ihr nichts auszumachen, im Gegenteil, sie amüsierte sich dabei.

Nach dem Dessert gingen alle in den Salon.

„Bea, du solltest jetzt mal nachsehen, was unter dem Weihnachtsbaum liegt."

Voller Erwartung stürzte sich Bea auf die Päckchen und saß bald inmitten eines Berges Papier auf der einen und einer Reihe Theaterfiguren auf der anderen Seite. Und immer wieder ließ sie Begeisterungsrufe hören:

„Oh, ein Pinguin, ein Kapitän, eine Möwe …"

Und dann kam Simon mit einem sperrigen Gegenstand herein.

„Bea, das passte nicht unter den Baum, gehört aber dazu."

„Eine Puppenbühne! Danke Simon, danke Corinna!"

Von da an war sie in ihr Spiel vertieft, und erzählte Ole, der sich neben ihr niedergelassen hatte, Geschichten, bis sie vor Müdigkeit neben ihm einschlief.

Simons Mutter nahm die Unterhaltung über den zukünftigen Enkel wieder auf.

„Reicht eure Wohnung denn überhaupt aus, wenn das Kind da ist?“

„Wir rücken ein bisschen zusammen, das wird schon gehen.“

„Ihr wisst, dass wir euch gerne unter die Arme greifen, wenn ihr euch verändern wollt. Wir könnten uns nach einem Haus hier in der Nähe umsehen, da hättet ihr doch mehr Platz, und die Kinder könnten im Park spielen und wären an der frischen Luft.“

„Danke, Mutter, aber wir fühlen uns ganz wohl in der Stadt. Die Nähe zur Universität ist uns wichtig, und wenn Corinna ihre Bücherkäufe etwas einschränkt“, – Simon grinste – „kommen wir mit dem Raum aus.“

„Bisher bringe ich noch alles in den Regalen in meinem Arbeitszimmer unter“, konterte Corinna.

„Ich meine ja nur“, warf Charlotte Hansen ein, „ihr könnt auf unsere Hilfe zählen. Simon, in deiner Position als Professor solltest du auch darauf achten, dass die Räume für Repräsentationszwecke angemessen sind. Du willst doch sicher mal Kollegen bei dir zu Hause empfangen.“

Corinna, die ihren Mann gut kannte, merkte, wie der alte Zorn in Simon hochstieg.

„Es hat sich noch keiner über unsere Wohnung beklagt.“

Charlotte Hansen nahm wahr, dass ihr Sohn empfindlich reagierte, und brach die Unterredung ab.

„Die Kinder können jederzeit hierher kommen, das wisst ihr ja. Bea fühlt sich, glaube ich, sehr wohl hier.“

„Ja, ganz sicher. Sie ist gern bei euch", griff Corinna vermittelnd ein.

Simon blieb stumm. Der Stachel in seinem Innern hatte sich wieder gemeldet. Warum konnte er sich einfach nicht davon lösen? Was wollte er eigentlich? Viele würden ihn um dieses Elternhaus beneiden. Er würde das alles einmal erben und an seine Kinder weitergeben. Finanzielle Sorgen brauchte er sich nie zu machen. Seine Eltern hatten ihn mit Strenge und Sorgfalt erzogen, nie hatte er ein lautes oder böses Wort gehört. Trotz ihres Reichtums waren seine Eltern nicht überheblich geworden, sie hatten sich eine Art Dankbarkeit dem Schicksal gegenüber bewahrt. Simon dagegen fühlte sich manchmal undankbar. Damals, als er mit seinen Eltern gebrochen hatte und sie mit ihm, hatte er das zunächst wie eine Befreiung empfunden. Er wollte selbst für sein Handeln verantwortlich sein, mit allen Konsequenzen, wollte die Rückendeckung verlassen, die seine Eltern ihm boten. Als dann Bea geboren wurde, er und Corinna geheiratet und seine Eltern die ersten Schritte auf ihn zu gemacht hatten, merkte er, dass alles viel tiefer saß und dass er seine Geschichte nicht so leicht abschütteln konnte.

Auf der Rückfahrt im Auto war Simon schweigsam. Bea lag schlafend auf der Rückbank, sie hatten sie vom Boden aufgehoben und ins Auto getragen, ohne dass sie aufgewacht war. Corinna sah Simon von der Seite an.

„Was es schlimm für dich heute Abend?"

„Ach, ich hab das Gefühl, sie lassen mich nicht in Ruhe.

Sie versuchen immer wieder, aus mir den verlorenen und zurückgekehrten Sohn zu machen."

„Du lässt dich aber auch dazu machen."

„Ja, ich weiß, ich kann es einfach nicht abschütteln."

„Sie sind sehr freundlich. Und sie haben Bea wirklich gern, und den Kleinen bestimmt auch, wenn er da ist."

„Ja, sicher."

Simon seufzte.

„Trinken wir zu Hause noch ein Glas Wein und hören Miles Davis, ja? Das hat noch immer geholfen."

3

Im Juli wurde Max geboren und im August kam Bea in die Schule. Corinna hatte noch Semesterferien und konnte sich um das Baby kümmern. Max war ein wenig zu früh auf die Welt gekommen.

„Maxi, hallo, hörst du mich?"

Bea stand am Bettchen und streichelte die Wange des Kleinen.

„Er hört dich bestimmt, aber er kann noch nicht antworten", erklärte Corinna.

„Weiß ich doch, dass Babys noch nicht sprechen können."

„Max ist nicht so robust, wie du als Baby warst. Er hat so was Zartes, Empfindliches. Schau ihn mal an, jetzt verzieht er die Nase."

„Vielleicht träumt er gerade was."

„Bea, du musst ganz vorsichtig mit ihm umgehen, ja?"

„Klar, Corinna. Ich werde ihn beschützen. Bin ja schon groß."

Seit Bea in die Schule ging, fühlte sie sich der Welt der Erwachsenen zugehörig, obwohl es längst nicht so schnell ging mit dem Lesen und Schreiben lernen, wie sie gehofft hatte. Zunächst wurde ziemlich viel gespielt, zu Beas großer Freude gab es auch eine Theatergruppe, in der kleine Stücke geprobt wurden.

„Du musst ganz still stehen bleiben, Ines, ich habe dich gerade in einen Baum verwandelt."

Bea tippte Ines vorsichtshalber noch einmal mit ihrem imaginären Zauberstab an.

„Du kannst nur durch einen Zauberspruch wieder erlöst werden."

„Nur ich kenne den Spruch, der dich wieder zum Menschen werden lässt." Franziska blieb im Text stecken. „Jetzt hab ich den Spruch vergessen."

„Mutabor, mutabor", flüsterte Bea ihr zu.

„Ach, ja, mutabor", wiederholte Franziska, und alle drei wollten sich ausschütten vor Lachen.

Franziska und Ines wurden Beas beste Freundinnen und kamen auch nachmittags oft zum Spielen in die Wohnung. Am liebsten verkleideten sie sich, kramten in Corinnas Kleiderschrank herum und malten sich mit ihrer Schminke an.

„Kinder, ihr bringt mir ja alles durcheinander", rief Corinna und brachte am nächsten Tag eine große Tüte mit Stoffen mit nach Hause.

„Die könnt ihr zum Spielen nehmen."

Begeistert zogen die drei Mädchen Samt- und Lurexstoffe heraus, Seide und Chiffon. Das gab einen Umhang für eine Königin oder die Haut für einen grasgrünen Frosch.

„Hört mal, ihr drei, ich muss für eine Stunde in die Universität. Könnt ihr so lange auf Max aufpassen? Er schläft jetzt, seht einfach mal nach ihm."

„Gut, Mama, machen wir."

Die Mädchen wandten sich wieder den Stoffen zu. Nach einer Weile hörten sie erst ein leises Wimmern, dann ein lauteres Weinen aus dem Kinderzimmer.

„Max ist wach geworden", sagte Bea, „ich sehe mal nach ihm."

„Ich komm mit."

Ines lief hinter Bea her. Max war schon ganz rot im Gesicht vom Weinen.

„Mäxchen, was hast du denn?"

Bea beugte sich liebevoll über ihn. Max brüllte jetzt laut. Bea nahm den Kleinen aus dem Bett heraus und wiegte ihn ein bisschen. Das Schreien wurde leiser.

„Ich glaube, der will nicht allein sein."

„Darf ich ihn auch mal halten?", fragte Ines.

„Ja, aber sei vorsichtig. Wir nehmen ihn einfach mit in mein Zimmer, da ist er nicht allein."

Bea ging voran, Ines mit Max auf dem Arm hinterher. Beim Betreten von Beas Zimmer übersah Ines den Stoff, der auf dem Boden lag, stolperte und fiel mit Max auf den Boden. Einen Moment lang herrschte absolute Stille, dann hob Max ein durchdringendes Geschrei an, Ines begann zu weinen, Bea und Franziska redeten durcheinander. Bea hob Max auf.

„Mäxchen, ist dir etwas passiert? Was machen wir bloß?"

Max hörte nicht auf zu schreien. Beas Herz klopfte wild.

Sie wiegte ihn auf dem Arm, aber Max wurde schon blau im Gesicht.

„Um Himmels willen, was ist passiert?"

Corinna stand in der Tür und sah auf die Schreckensszene.

„Max ist runtergefallen", schluchzte Bea.

Corinna nahm Bea den Kleinen ab.

„Wir müssen sofort einen Krankenwagen rufen, ich glaube, er hat Schwierigkeiten zu atmen."

Sie rannte zum Telefon, riss den Hörer herunter und wählte die Nummer des Notrufs.

„Kommen Sie sofort in die Heilwigstraße 6. Mein Baby, es atmet kaum noch."

Fünf Minuten später war der Notarzt da und kümmerte sich um Max.

„Wir müssen ihn in die Klinik bringen. Ich kann nicht genau feststellen, ob er innere Verletzungen hat. Vielleicht auch eine Gehirnerschütterung."

„Gut, ich fahre mit. In welches Krankenhaus?"

„Uniklinik Eppendorf."

Corinna wandte sich an Bea.

„Ruf bitte Simon an und sag ihm, wo wir sind. Und warte hier, bis er kommt."

„Mama, ich ... Das wollte ich nicht."

„Das weiß ich, Bea, dass du das nicht wolltest. Wir reden später darüber. Ich muss mich jetzt um Max kümmern."

Corinna fuhr mit dem Notarztwagen in die Klinik, Bea rief Simon im Institut an, aber er war gerade in einer Vorlesung. Die Sekretärin versprach, ihn zu benachrichtigen. Die drei Mädchen saßen verzweifelt auf dem Fußboden von Beas Zimmer. Ines hörte gar nicht mehr auf zu weinen.

„Ich hätte ihn dir nicht geben dürfen. Corinna hat gesagt, ich soll gut auf ihn aufpassen."

„Ich konnte nichts dafür, ich bin einfach gestolpert", stieß Ines hervor.

„Wir haben die Stoffe einfach auf dem Boden liegen lassen. Wir hätten sie wegräumen müssen. Dann wärst du nicht gestolpert."

„Hoffentlich wird er wieder gesund."

„Mein Mäxchen, jetzt hat er Schmerzen, und wir sind schuld."

„Deine Mutter wird bestimmt schrecklich böse sein."

„Ich glaub, Corinna ist nicht böse, sie hat Angst um Max."

Die Wohnungstür ging auf, und Simon kam den Flur entlang.

„Was ist passiert? Ich hab nur verstanden, dass Max im Krankenhaus ist."

„Er ist auf den Boden gefallen, und er hat furchtbar geschrieen. Ines ist über den Stoff gestolpert und hatte ihn auf dem Arm."

Simon sagte erst gar nichts. Er dachte an das arme, kleine Wesen, das jetzt leiden musste, und fast traten ihm die Tränen in die Augen.

„Ines und Franziska, ich bringe euch jetzt nach Hause, und wir, Bea, fahren dann zu Corinna in die Klinik."

Simon schimpfte nicht mit den Mädchen. Was sollte er ihnen sagen? Es war ein Unfall gewesen. Und man sah ihnen an, dass sie völlig zerknirscht waren.

Im Krankenhaus sahen sie Corinna auf einer Bank im Flur sitzen. Sie rauchte.

„Was haben die Ärzte gesagt?“

„Sie sind noch bei den Untersuchungen. Jedenfalls atmet Max wieder.“

„Gott sei Dank.“

„Mama, Ines sagt, du bist jetzt bestimmt böse.“

„Ach Bea, böse ist das falsche Wort. Natürlich hättet ihr besser aufpassen müssen. Ich hab dir gesagt, dass du ganz vorsichtig mit ihm umgehen musst. Aber ihr habt das ja nicht mit Absicht gemacht, und solche Unfälle sind schrecklich, aber sie passieren nun mal. Ich bin nicht böse, ich habe nur furchtbare Angst um Max.“

„Das hab ich Ines auch gesagt.“

Endlich kam ein Arzt heraus.

„Was ist mit ihm?“

„Er hat Glück gehabt, keine inneren Verletzungen. Aber durch die Atemnot hat es eine kurze Unterversorgung des Gehirns mit Sauerstoff gegeben. Wir wissen noch nicht, ob das irgendwelche Auswirkungen hat. Lassen Sie ihn ein paar Tage zur Beobachtung da. Sie können natürlich bei ihm bleiben. Jedenfalls ist er außer Lebensgefahr.“

„Da hat er wohl einen Schutzengel gehabt.“

Corinna bat Simon, ihr ein paar Sachen von zu Hause zu holen. Sie wollte bei Max in der Klinik bleiben.

„Bea, ich ruf Oma und Opa an, ob sie dich ein paar Tage nehmen. Solange Corinna in der Klinik ist, bist du dort besser aufgehoben. Opa bringt dich bestimmt jeden Morgen mit dem Auto zur Schule, mit Chauffeur. Einverstanden?“

„Ja, gut. Aber du sagst mir jeden Tag, wie es Max geht."
„Na klar. Was denkst du denn."

Simon brachte Bea noch am Abend zu seinen Eltern nach Blankenese, nachdem er ihnen erzählt hatte, was passiert war.

„Das ist ja furchtbar", sagte Charlotte Hansen, „hoffentlich bleibt nichts nach. Sauerstoffmangel im Gehirn, da kann sogar das Sprachzentrum beeinträchtigt sein. Er ist doch in der Klinik in den besten Händen? Wir könnten Romans Freund in der Schweiz anrufen, der ist Professor und Leiter einer Spezialklinik und könnte uns sagen, wo es für diesen Fall die besten Ärzte gibt."

„Das wäre wohl zu früh. Sie müssen erst mal feststellen, ob überhaupt etwas geschädigt wurde."

„Wir sollten nur nicht zu lange warten. Je schneller man etwas unternimmt, desto besser."

„Danke, Mutter. Aber ihr helft uns schon, wenn ihr Bea ein paar Tage beherbergt."

„Das machen wir doch gern."

In den nächsten Tagen wurde Bea vom Chauffeur zur Schule gebracht und wieder abgeholt. Die anderen Kinder beneideten sie darum, aber Bea zeigte sich wenig beeindruckt. Für Autos interessierte sie sich nicht sehr. Nur dass sie immer am Hafen vorbeifuhren, begeisterte sie. Am Nachmittag streifte sie mit der Oma und Ole durch den Park, wo die abgefallenen Blätter unter den Füßen raschelten. Sie gingen bis zum Elbufer hinunter, da sah man die großen und kleinen Schiffe in Richtung Hafen oder zur Nordsee fahren. Bea stellte sich vor, auf einem großen Schiff zu fahren, irgendwohin. Da wuchsen vielleicht Palmen mit Kokosnüssen oder es gab Eisberge und Pinguine. In diesen Momenten vergaß sie die Sorge um Max, die aber gleich darauf zurückkehrte. Max sollte wieder gesund werden, nichts wünschte sie sich sehnlicher. Wie um das Schicksal zu beschwören, nahm sie ihre kleine goldene Kette vom Hals, die sie mal von den Großeltern zum Geburtstag bekommen hatte, und vergrub sie unter einem Rhododendronbusch. Das sollte ihr Pfand sein für Max' Leben.

Ohne Probleme passte sich Bea den Gepflogenheiten der Großeltern an. Sie wusch sich vor dem Essen die Hände, saß gerade auf dem Stuhl, legte sich die Serviette auf den Schoß und löffelte manierlich die Suppe. Der Diener Karl gab ihr eine Extraportion Dessert, Mousse au Chocolat oder Vanillepudding mit Himbeeren, und Bea schenkte ihm dafür ein Lächeln. Karl zwinkerte mit dem Auge. Wenn die Oma sie abends ins Bett brachte, las sie immer eine Geschichte vor, nur dass Omas Geschichten etwas altmodisch und langweilig waren und Bea nicht alles verstand. Aber das machte nichts, sie schlief bald ein.

Nach fünf Tagen rief Simon an und sagte, dass aller Voraussicht nach bei Max keine Folgeschäden bleiben würden. Die Tests garantierten zwar keine absolute Sicherheit, aber es sähe ganz so aus, dass er gesund sei. Corinna könne mit dem Baby wieder nach Hause kommen. Bea fiel ein Stein vom Herzen. Insgeheim hatte sie sich immer wieder die Schuld gegeben für den Unfall. Sie hätte besser auf ihn aufpassen müssen, hatte sie sich gesagt. Wahrscheinlich würde ihr Corinna Max nie wieder anvertrauen. Und auch sie selbst hätte immer Angst, es könnte wieder etwas passieren. Auch wenn es dieses Mal gut gegangen war.

Als sie an Max' Bettchen stand, streichelte sie ihm über die Wange und flüsterte: „Lieber, lieber Max. Wie gut, dass du wieder da bist."

Max entwickelte sich ganz normal in den nächsten Jahren, vielleicht etwas langsamer als andere Kinder. Manchmal, beim Sprechen, war bei ihm ein leichtes Zögern zu bemerken, aber es war nicht klar, ob das eine Folge des Unfalls war oder einfach seine Art, die Sätze langsam hervorzubringen. Corinna und Simon hatten Bea ihr Schuldgefühl auszureden versucht. Geblieben war, dass Bea mit Argusaugen den kleinen Bruder bewachte und behütete.

Corinna und Simon stellten Ermüdungserscheinungen in ihrer Ehe fest. Nicht dass sie sich gestritten hätten, sie waren sich nur etwas gleichgültig geworden, und das machte sie traurig. Es waren nicht Simons gelegentliche Abenteuer mit Studentinnen, deren Einzelheiten Corinna gar nicht näher wissen wollte. Sie selbst hatte sich eine Zeit lang mit einem Kollegen aus Göttingen getroffen, aber die Geschichte war wieder eingeschlafen. So ging alles weiter wie bisher, und Corinna konnte nicht einmal sagen, ob sie wirklich unzufrieden war.

Als Bea eines Nachmittags aus ihrem Zimmer in die Küche ging, hörte sie Corinna mit ihrer Freundin Elisabeth im Wohnzimmer reden.

„Ach, ich weiß gar nicht, was ich will. Es ist nur manchmal so ein Gefühl, dass es neben dem Alltag noch etwas anderes geben müsste."

„Für dich war doch die Arbeit immer das Wichtigste, wenn du ehrlich bist", erwiderte Elisabeth.

„Ohne Simon und die Kinder möchte ich aber auch nicht leben. Ich bin jetzt fast vierzig und finde alles so eingefahren. Meine Arbeit liebe ich nach wie vor, da kriege ich auch immer wieder neue Impulse, das belebt mich und hält mich jung. Aber mit Simon ..."

„Wie wäre es mit einem Liebhaber? Das macht auch eine Ehe wieder frisch."

„Elisabeth, du mit deinen Ratschlägen! Meine kurze Beziehung mit Guido aus Göttingen war auch nicht so glücklich."

„Du lässt dich eben nicht richtig darauf ein."

„Vielleicht. Wahrscheinlich habe ich zu viel Angst, etwas zu verlieren. Aber abgesehen davon wäre ich schon froh, wenn ich mit Simon wieder besser zurechtkäme."

Bea gesellte sich zu Corinna und Elisabeth auf das Sofa. Sie setzte sich zwischen die beiden, legte ihren Kopf auf Corinnas Schoß und die Beine über Elisabeths Beine.

„Na, meine Süße, Schularbeiten fertig?"

„Schon längst. Mama, warum verstehst du dich nicht mehr mit Simon?"

„Hast du uns zugehört? Nein, keine Angst, es ist nicht so, dass wir uns gar nicht mehr verstehen. Manchmal ist es nur schwer, den Alltag auszuhalten."

„Ja, das finde ich auch."

Bea kuschelte sich an Corinna und Elisabeth und ließ sich von beiden streicheln. Behaglich schnurrte sie fast wie ein Kätzchen.

„Ihr solltet mal gemeinsam verreisen, weg hier. Wie lange habt ihr keine Ferien mehr gemacht?"

„Och, schon einige Jahre, von ein paar Wochen an der Nordsee mal abgesehen."

„Ihr könnt im Juli unser Haus in der Toskana haben. Ich spreche noch mal mit Richard, aber ich bin ziemlich sicher. Wir fliegen für zwei Monate in die USA und können es im Sommer sowieso nicht nutzen. Wie wäre das?"

„Nach Italien? Das wäre schön. Mit den Kindern ist ein Haus genau das Richtige. Ich könnte mir etwas zu lesen und zu arbeiten mitnehmen."

„Corinna, du sollst Ferien machen!"

Corinna lachte.

„Ganz ohne Arbeit kann ich nicht existieren, das weißt du doch."

„Wir fahren nach Italien? Toll!"

Bea hob den Kopf aus Corinnas Schoß.

„Ich werde Simon fragen, was er davon hält. Danke, Elisabeth. Ich glaube, das ist eine gute Idee."

4

Im Juli wurde dann der große Volvo gepackt mit Koffern und Taschen und einer Bücherkiste, und früh am Morgen ging es ab gen Süden. Der inzwischen dreijährige Max und Bea hinten auf der Rückbank, Corinna und Simon wechselten sich beim Fahren ab.

„Mama, was heißt ‚Guten Tag' auf Italienisch?"

„Buon giorno."

„Buon giorno", wiederholte Bea und ließ die Wörter auf der Zunge zergehen.

„Und ‚Auf Wiedersehen'?"

„Arrivederci."

Die Kinder wurden allmählich etwas ungeduldig, sie sehnten das Ende der Fahrt herbei. Die Hitze nahm immer mehr zu, als sie auf der Autobahn Richtung Florenz fuhren.

„Wir sind bald da. Kurz vor Siena müssen wir von der Autobahn runter, dann Richtung Volterra. Der Ort heißt Sant' Anastasio."

Als sie dann den Hügel hochfuhren, hinter dem winzigen

Dorf, so wie Elisabeth es beschrieben hatte, waren sie sprachlos.

„Ist das schön!"

Das Haus lag vor ihnen, mitten in einem Olivenhain, ein großes, zweistöckiges Steinhaus mit einer Terrasse und Oleanderbüschen. Die grünen Fensterläden waren geschlossen, trotzdem wirkte das Haus einladend.

„Wir sind da! Alle aussteigen!"

Simon ließ das Auto in der Einfahrt stehen. Die Sonne war am späten Nachmittag schon milder geworden und tauchte alles in ein gelbliches Licht. Sie gingen um das Haus herum und entdeckten auf der Rückseite eine verglaste Wand, die auf eine zweite Terrasse ging. Corinna schloss vorn die Haustür auf, Simon öffnete die Fensterläden. Die Diele führte links in die geräumige Küche mit Terrakottaboden und einem großen Esstisch. Zu ihr gehörte auch die Terrasse. Geradeaus ging es in das Wohnzimmer, das sie von außen durch das Glas schon gesehen hatten, rechts war eine Art Arbeitszimmer und eine Treppe. Oben gab es zwei große und ein kleines Schlafzimmer und ein Bad.

„So, dann packen wir mal aus. Und heute Abend wird nicht gekocht, wir gehen in das Dorf zum Essen, würde ich sagen. Morgen kaufen wir in Volterra ein, das ist der nächste größere Ort, hat Elisabeth gesagt."

„Kann ich in den Garten gehen?"

Bea wollte die Gegend erkunden.

„Ja, kannst du, aber lauf nicht zu weit weg."

„Nein, nein."

Das Gelände zog sich über mehrere kleine Hügel hin, und

überall waren Olivenbäume. Silbrig schimmerten die Blätter. Bea roch daran. Sie rochen nach nichts, fand sie. Dafür duftete der Boden ganz intensiv nach Kräutern. Das Gras war ganz trocken und etwas gelb. Elisabeth hatte gesagt, dass immer jemand kam, um das Gras zu schneiden und den Garten in Ordnung zu halten. Bea beobachtete die Ameisen, die sich ihre Wege bahnten. Sie ging zurück zur Terrasse.

„Max ist eingeschlafen, aber ich wecke ihn gleich, damit wir essen gehen können. Ihr habt sicher Hunger."

Corinna war durch die Küchentür nach draußen getreten.

„Es ist schön hier, Mama."

„Ja, wie in einer anderen Welt."

Simon kam mit Max auf dem Arm heraus.

„Na dann, schreiten wir zur Erkundung des Dorfes."

Viel zu erkunden war in Sant' Anastasio nicht. Es gab einen Dorfplatz mit einer Bar und einem kleinen Laden, in dem man das Nötigste kaufen konnte. Versteckt um ein paar Ecken fanden sie eine Osteria, in der sie etwas zu essen bekamen.

„Wir wohnen im Haus von Elisabeth und Richard", teilte Corinna auf Italienisch dem Wirt mit.

„Ah, Elisabeth, si, si", antwortete der sofort und zählte die drei Gerichte auf, die heute angeboten wurden.

„Es gibt Gnocchi mit Butter und dann Thymian-Lamm mit Gemüse oder Kalbsbraten", übersetzte Corinna, „seine Frau kocht alles selbst."

„Gnocchi nehmen wir wohl alle, für die Kinder eine halbe Portion, bitte, und dann zweimal das Lamm, oder willst du lieber Kalb? Zu trinken Orangensaft und für uns einen guten Rotwein. Sie können uns sicher einen empfehlen."

„Si, grazie."

„Grazie", wiederholte Bea. Ihr gefiel der melodische Singsang der Sprache.

„Das heißt ‚Danke'", erklärte Corinna.

„Grazie", sagte Bea, als der Wirt das Dessert, eine Karamelcreme, vor sie hinstellte, und lächelte ihn an.

„Che carina, la ragazza." Ein so hübsches, nettes Mädchen! Der Wirt war entzückt von Beas angeborenem Charme.

Das Essen war vorzüglich gewesen. Satt und zufrieden fuhren sie zum Haus zurück. Max war schon wieder eingeschlafen, Bea hielt ihn im Arm. Sie liebte ihren kleinen Bruder sehr und war dem Schicksal so dankbar, dass er den Unfall als Baby wohl unbeschadet überstanden hatte. Im Dunkeln standen sie auf der Terrasse. So viele Sterne hatte Bea noch nie gesehen, hier leuchteten sie besonders hell.

„Du gehst jetzt aber auch ins Bett, du musst ja todmüde sein."

Simon hatte Max ins Bett gelegt. In der Hand trug er eine Flasche Wein.

„Ich geh ja schon."

Bea stapfte die Treppe hoch und hörte, wie der Korken aus der Flasche gezogen wurde. Corinna und Simon saßen auf der Terrasse und sahen in die Nacht. Erschöpft fiel Bea in einen tiefen Schlaf.

So unbeschwerte Tage hatten sie lange nicht miteinander verbracht. Es drehte sich alles um einkaufen, kochen, ans

Meer fahren, ausruhen. Einmal waren sie in Siena gewesen und durch die gewundenen Gassen gelaufen, bis sich schließlich der große Platz vor ihren Augen auftat, auf dem wenig später die Reiterspiele stattfinden sollten. Aber die Stadt war zu viel gewesen für Max, der angefangen hatte zu quengeln. Er war noch zu klein und konnte sich nie lange auf eine Sache konzentrieren.

Die Eltern ließen Bea alle Freiheit, und so stromerte sie manchmal allein durch den Olivenhain und über die Hügel hinaus.

„Ciao, piccola! Hallo, Kleine."

Ein alter Mann im Olivenhain winkte Bea zu. Bea drehte sich neugierig zu ihm um. Er winkte, sie sollte herkommen. Er sah nett und freundlich aus.

„Ciao", erwiderte sie den Gruß.

„Du bist die Deutsche, ja?"

Er sprach mühsam Deutsch.

„Ja, wir wohnen im Haus von Elisabeth. Kennst du die?"

„Ja, natürlich. Ich halte hier den Garten in Ordnung, meine Frau kümmert sich um das Haus, wenn Elisabeth nicht da ist. Willst du mitkommen, die Nonna zu besuchen?"

„Ja, prima, gerne!"

Neugierig ging Bea mit dem alten Mann mit.

„Ich heiße Enrico."

„Und ich Bea."

Enrico lief mit ihr eine gute Stunde durch den Olivenhain, dann kamen sie an ein Haus in den Hügeln.

„So, da sind wir. Die Nonna wird sich über Besuch freuen, und unsere Enkel auch."

Zwei Kinder kamen aus dem Haus. Enrico stellte sie vor.
„Das sind Paolo und Carla. Und das ist Bea."
Sie begrüßten sich. Bea freute sich, dass sie endlich Spielgefährten kennen lernte, auch wenn es mit der Verständigung noch nicht so ganz klappen wollte.
„Komm mit ins Haus, da ist die Nonna, die Großmutter."
Er führte sie in die Küche, wo eine alte Frau am Herd stand.
„Enrico, das ist aber schön, dass du Besuch mitgebracht hast", sagte sie, als er mit Bea eintrat.
„Nonna, das ist Bea, sie wohnt mit ihren Eltern im Haus von Elisabeth."
Die Nonna strich Bea über das Haar.
„Bella bambina. Hast du Hunger? Es gibt gleich etwas zu essen."
Auch Enricos Frau sprach ein wenig Deutsch, sie waren beide für ein paar Jahre als Gastarbeiter in Deutschland gewesen, hatten sich aber nach ihrer Pensionierung dieses Häuschen in der Heimat gekauft und waren zu ihrer Familie zurückgekehrt.
Hunger hatte Bea eigentlich nicht, aber die Nonna war sehr nett, und es roch gut nach Tomatensoße.
„Paolo, Carla, venite! Kommt her!"
Die Kinder setzten sich an den Tisch und bekamen einen großen Teller mit Spaghetti al Pomodoro vorgesetzt.

Am Abend, als es schon dunkel wurde und Bea noch immer nicht aufgetaucht war, liefen Corinna und Simon über die Hügel und riefen nach ihr. Es war nicht ihre Art, sich so zu verspäten.

„Sie wird hoffentlich nicht gestürzt sein und sich verletzt haben."

„Bea!!!"

Keine Antwort.

„Vielleicht ist sie ins Dorf gelaufen und kommt nicht mehr allein zurück."

„Ich fahr mal kurz runter und sehe nach. Möglicherweise hat irgendjemand sie gesehen."

„Ich warte hier, falls sie auftaucht."

Und tatsächlich tauchte Bea auf, ziemlich zerknirscht und mit schlechtem Gewissen. Sie hatte sich bei Enrico und seiner Frau so wohl gefühlt, hatte sich auch ohne Worte prima mit Paolo und Carla vertragen, dass sie die Zeit vergessen hatte. Hätte Enrico sie nicht an der Hand genommen und zu ihren Eltern zurückgebracht, wäre sie am liebsten gleich über Nacht geblieben. Es war aber auch zu gemütlich gewesen. Die mütterliche Nonna hatte sich gefreut, noch ein drittes Kind um sich zu haben, und hatte Bea nach allen Regeln der Kunst verwöhnt und die Kinder so mit Leckereien vollgestopft, dass sie faul und träge wurden.

Enrico entschuldigte sich wortreich bei Simon und Corinna und lud alle ein, ihn und die Nonna besuchen zu kommen. Beas Eltern waren so erleichtert, dass Bea wohlbehalten zurückgekehrt war und einen schönen Nachmittag verbracht hatte, dass sie kaum mit ihr schimpften und ihr auch erlaubten, bald wieder Paolo und Carla zu besuchen oder diese einzuladen. Für Bea wurden dies nun die schönsten Ferien, die sie sich nur vorstellen konnte. Sie durfte sogar bei der Nonna übernachten, das war der Höhepunkt des Urlaubs.

Sie lag dann neben Carla in einem großen Bett, zwischen ihnen der Kater Topolino, in dem kleinen Bett daneben hatte sich Paolo breitgemacht.

„Il gatto."

„Der Kater."

Carla brachte Bea Italienisch bei. Sie zeigte auf eine Sache, sagte den italienischen Namen, und Bea wiederholte auf Deutsch. Dabei wollten sie sich totlachen, weil das so komisch klang.

„Buona notte."

„Gute Nacht."

Die Nonna steckte ihren Kopf zur Tür rein.

„Jetzt aber wirklich Gute Nacht, jetzt wird geschlafen", versuchte sie die Kinder zur Ruhe zu bringen.

Es war lustig hier bei ihren neuen Freunden. Und morgen würde es wieder die leckeren Spaghetti geben. Bea genoss die gute Küche der Nonna, denn so sehr Corinna sich auch bemühte, eine tolle Köchin war sie wirklich nicht. Bea sank in einen langen traumlosen Schlaf.

Bea hatte prächtig geschlafen und von der Nonna ein Frühstück mit warmer Milch, Weißbrot und Marmelade bekommen. Enrico hatte ihr gesagt, dass sie an diesem Tag noch hier bleiben dürfte und er sie am nächsten zu den Eltern zurückbringen würde. Bea streifte mit Carla und Paolo durch die Gegend, durch Weinberge und Felder. Es war weit und breit kein Haus zu sehen, nur kleine Holzschuppen, in denen die landwirtschaftlichen Geräte der Bauern lagerten. Ziegen liefen herum und ließen bei jeder Bewegung ihre Glöckchen hören. Es war so heiß, dass Carla sie schließlich zu dem Schlauch führte, mit dem die Pflanzen gegossen wurden. Sie drehte den Hahn auf, und unter Kichern und Lachen spritzten sich die Kinder gegenseitig nass. Eigentlich könnte das noch eine Weile so weitergehen, dachte Bea.

„Morgen holt dich dein Papa ab", sagte Enrico zu Bea, „deine Mama hat angerufen. Max vermisst dich, du musst dich ein bisschen um ihn kümmern. Heute machen sie einen Ausflug, aber morgen früh kommt dein Papa dich holen."

Max! Ihren Bruder hatte sie ganz vergessen, so sehr hatte ihr das italienische Familienleben gefallen. Beas schlechtes Gewissen meldete sich. Wie konnte sie ihren geliebten Max so schnell vergessen?

Sie redete so lange auf Enrico ein, bis dieser sich bereit erklärte, Bea sofort nach Hause zu bringen. Mit seinem uralten kleinen Fiat fuhr er sie nach Hause, wo sie auf ihre Familie warten wollte. Und die freuten sich auch alle riesig, als sie in die Einfahrt zum Haus einbogen und Bea auf der Terrasse sitzen sahen. Max stürmte aus dem Auto und fiel Bea um den Hals.

„Bea, Bea", rief er und tanzte um sie herum.

„Max, stell dir vor, Bea hat richtig italienisches Familienleben genossen, mit einer Nonna und der täglichen Ration Spaghetti, und sie spricht schon ganz toll Italienisch."

Auch den Rest der Ferien konnten sie unbeschwert genießen. Bea traf sich noch ein paar Mal mit Paolo und Carla, nahm aber immer ihren kleinen Bruder mit, der besonders gerne mit dem Kater Topolino schmuste. Bei jeder Gelegenheit versuchte sie, ihre neu erworbenen Italienischkenntnisse anzuwenden und an Max weiterzugeben, aber der erwies sich als nicht allzu sprachbegabt.

5

„Leslie, gibst du mir mal das Textbuch rüber?“

„Hier!“

„Diese Stelle krieg ich einfach nicht in den Kopf. Ich muss immer wieder in den Text sehen.“

Bea schaute in das Buch. Ihre langen blonden Haare fielen ihr über die Schulter ins Gesicht. Mit einer Handbewegung warf sie sie zurück auf den Rücken. Ihr Gesicht drückte Unzufriedenheit aus.

„Warum bist du so ungeduldig? Wir sind doch erst am Anfang mit der Probe. Du lernst den Text von ganz allein.“

Bea sah Leslie an. Ihr Blick blieb wie immer voller Faszination an Leslies Gesicht hängen. Wie schön sie war! Bea hätte sie immer anschauen können, das ebenmäßige Gesicht, ruhige, dunkle Augen, die schwarzen Haare, die ihr in Wellen über die Schultern fielen, der bräunliche Teint und die geschwungenen Lippen, die sich so oft zu einem Lächeln verzogen und dabei weiße Zähne aufblitzen ließen. Sie musste bei Leslie immer an Schneewittchen denken. Spieglein, Spieglein an der Wand ... Leslie war eindeutig die Allerschönste. Und sie war Beas Freundin. Kennen gelernt hatten sie sich im Jugendtheater, bei dem Bea mitspielte, seit sie ins Gymnasium ging. Ihre Theaterleidenschaft hatte sie nicht verlassen, und bei ihrem Talent hatten sie sie nach einem Vorsprechen sofort genommen. Vor einem Jahr war Leslie dazugekommen. Die beiden Mädchen waren gleich alt, beide dreizehn, besuchten aber verschiedene Schulen. Zur Probe trafen sie sich fast jeden Tag im Theater. Leslies Vater besaß einen Lebensmittelgroßhandel und war Hamburger, Leslies Mutter dagegen kam aus dem Iran. Von ihr hatte sie die Schönheit geerbt.

Bea selbst war auch nicht gerade hässlich, aber jede Eitelkeit war ihr fremd. Schmal, mit langen Beinen, langen, blonden Haaren, heller Haut und einem offenen, ausdrucksvollen Gesicht, stand sie Leslie in Bezug auf Schönheit in nichts nach. Vor allem mit ihrem Lachen konnte sie alle in ihren Bann ziehen. Wenn die beiden Mädchen – fast waren sie schon junge Frauen – nebeneinander auf der Straße gingen, wurden sie von vielen bewundernd angesehen, die Blonde und die Dunkle. Aber die Blicke der Passanten prallten an ihnen ab, so sehr waren sie ins Gespräch vertieft, meist über das Theater, das ihnen alles bedeutete.

„Hast du gesehen, wie Heinz an seinem Hemd gezerrt hat?"

„Der hat das nicht über seinen Kopf gekriegt."

„Ruckzuck muss das gehen, hat der Regisseur gesagt, ruckzuck."

Bea musste schon wieder kichern.

„Wollen wir noch zu mir gehen?", fragte Leslie.

„Ja, gut, ein bisschen Zeit habe ich noch."

Leslie wohnte mit ihren Eltern in Othmarschen in einem Einfamilienhaus, das war vom Theater in Altona nicht weit entfernt. Kurze Zeit später saßen sie auf dem Fußboden in Leslies Zimmer, umgeben von Kleidungsstücken, Masken, Stoffen und Schminke. Bea hatte einen hautengen Tigerbody angezogen.

„Der müsste auch noch den Kopf bedecken, sodass nur noch dein Gesicht zu sehen ist. Komm mal her!"

Leslie malte Bea mit Schminke schwarze Augen und ein bräunliches Gesicht, dazu lange Schnurrhaare. Bea ging auf alle viere und kroch knurrend im Zimmer herum, geschmeidig wie ein Tiger.

„Hey, da kann man ja Angst kriegen. Du siehst richtig echt aus."

„Und dich machen wir zu einer Haremsdame. Zieh mal diese durchsichtige Hose an und wickle den Schleier darum. So, jetzt auf den Kopf auch noch einen Schleier, dass nur die Augen rausgucken."

„Mensch, wie gut, dass wir so ein Ding nicht im Alltag tragen müssen. Wenn ich daran denke, wie die Frauen im Iran rumlaufen müssen. Meine Mutter ist heilfroh, dass sie da weg ist. Für mich ist das alles weit weg, ich bin ja schon hier geboren und aufgewachsen. Manchmal stelle ich mir vor, wie das wäre, wenn ich da leben müsste."

„Vielleicht würdest du dann gar nicht darüber nachdenken und es ganz selbstverständlich finden."

„Vermutlich. Wenn man nichts anderes kennt."

„Aber wir sind hier, und hier male ich dir jetzt die Lippen

an, auch wenn man das unter dem Schleier nicht sieht." Bea strich mit dem Lippenstift auf Leslies Lippen hin und her. „Stell dir vor, du bist im Harem und der Sultan sucht dich aus für diese Nacht."

„Na, dem werde ich Geschichten erzählen, bis er einschläft."

„Und dann träumt er von deinen roten Lippen und wacht sofort wieder auf."

„Bis dahin bin ich längst über alle Berge", lachte Leslie.

„Hinter den sieben Bergen, bei den sieben Zwergen."

„Zwerge wären auch nicht das Richtige. Hast du nichts anderes im Angebot?"

„Den schönen Prinzen auf einem weißen Pferd?"

„Schon besser, erzähl mal."

„Der befreit dich aus dem Harem, unter Lebensgefahr versteht sich. An einer Palme klettert er in den Garten und wartet, bis du am Fenster erscheinst. Du knotest deine Schleier zusammen und lässt dich aus dem Fenster. In dem Moment entdecken euch die Wachen des Sultans. Du lässt dich schnell in die Arme des Prinzen fallen, er zieht dich zu dem Seil in der Palme, und ihr schafft es gerade noch hochzuklettern. Auf der anderen Seite der Mauer wartet das Pferd. Der Prinz springt auf den Rücken, du hinterher, und ihr reitet in das Morgenrot hinein."

„Und wenn sie nicht gestorben sind ..."

„Gefällt dir das auch nicht?"

„Doch, schon. Aber eigentlich will ich nicht befreit oder genommen oder erlöst werden. Ich möchte selbst so frei sein, dass ich eigenständig entscheiden kann."

„Hm. Ich auch, aber Märchen sind nun mal so."

„Hier, zieh doch noch mal den lila Unterrock an, wir machen dich so richtig verrucht, wie eine Bardame."

„Dazu setze ich die Perücke auf, die rote hier."

„Wir müssten mal richtig was machen, uns richtig verkleiden, und irgendwas tun, was die Leute glauben."

„Was hältst du von einem Bankraub? Wir tun so, als würden wir eine Bank überfallen und sagen dann ‚Ätschbätsch, war alles nur ein Spiel'."

„Wie Bonnie und Clyde, nur mit Spielzeugpistolen? Das glaubt uns doch kein Mensch."

„Warum nicht? Wir könnten es ja mal probieren. Wir ziehen uns Overalls an und eine Maske übers Gesicht und sprechen mit ganz dunkler Stimme. Wenn sie dann wirklich Geld rausrücken wollen, sagen wir einfach, sie sollen ihr Geld behalten."

„Ist das nicht ein bisschen riskant?"

„Ach was, sie sollen uns ja nur einen Moment glauben. Die merken bestimmt gleich, dass das ein Scherz ist. Wir können ja hinterher Bonbons verteilen und Werbung machen für das Jugendtheater."

„Au ja, das machen wir, das wird unsere Generalprobe. Wenn wir die bestehen, können wir jede Rolle spielen und die Theater reißen sich um uns. Und dann werden wir große Stars."

Eine Woche später waren sie in Leslies Zimmer damit beschäftigt, sich möglichst viele Pullover anzuziehen, um breiter zu wirken. Darüber zogen sie einen Arbeitsoverall und eine Jacke. Leslie hatte enge Mützen besorgt, aus denen sie ein Loch für die Augen ausschnitten. Bea hatte in einem Spielzeugladen zwei kleine Pistolen gekauft. Sie hatten sich für ihre „Generalprobe“ die kleine Filiale der Sparkasse in Othmarschen ausgesucht.

„Bist du aufgeregt?“

„Nö, das Lampenfieber habe ich mir schon lange abgewöhnt. Außerdem ist es doch nur ein Spaß.“

Mit einem Rucksack auf dem Rücken, in dem sie die Mützen und die Pistolen verstaut hatten, zogen sie los. Auf der Straße fielen sie nicht weiter auf in der ungewöhnlichen Kleidung. Vor der Bank warteten sie einen günstigen Moment ab. Als niemand zu sehen war, zogen sie die Mützen über, nahmen die Spielzeugpistolen in die Hand und betraten den Schalterraum.

„Das ist ein Überfall!“

Leslie versuchte, ihre Stimme so tief wie möglich klingen zu lassen. Fast hätte sie dabei gelacht.

In der Bank standen zwei Kunden am Schalter. Alle drehten sich zu den beiden um, es war schlagartig still.

„Hände hoch!“

Die Kunden und die drei Bankangestellten gehorchten und nahmen die Hände über den Kopf. Leslie und Bea näherten sich der Kasse.

„Das Geld hier rein!“, befahlen sie dem Kassierer und hielten ihm den Rucksack hin.

Der Kassierer war blass und sah in die Kasse.

„O.k., es reicht jetzt, brechen wir die Sache ab“, flüsterte Leslie Bea zu.

Aber bevor es dazu kommen konnte, wurde die Tür aufgestoßen und eine Stimme war zu hören:

„Waffen weg oder ich schieße!"

Ehe die Mädchen verstehen konnten, was da vor sich ging und ihre Spielzeugwaffen zu Boden werfen konnten, knallte es und ein Schuss ging durch die Scheibe des Kassenraums. Sie warfen sich instinktiv zu Boden und spürten gleich darauf einen festen Griff, der ihnen die Arme auf den Rücken drehte. Die Mützen wurden ihnen vom Gesicht gezogen.

„Das sind ja Mädchen!"

Der Polizist sah sie fassungslos an, dann bemerkte auch er die Spielzeugpistolen.

„Seid ihr wahnsinnig geworden? Ich hätte euch erschießen können. Von draußen hab ich euch für Bankräuber und eure Waffen für echt gehalten."

Er rief seine Kollegen an, und bald wimmelte der Schalterraum von Polizei. Der Polizist war zufällig vorbei gekommen, und weil die vermeintlichen Bankräuber mit dem Rücken zu ihm standen, hielt er die Situation für günstig, alleine einzugreifen. Der Schuss war versehentlich losgegangen und hatte glücklicherweise nichts angerichtet, außer dass das Glas kaputt war.

Bea und Leslie wurden verhört. Sie waren vor Schreck ganz verstört und beteuerten immer, es sollte nur Theater sein. Sie seien kurz davor gewesen, sich zu demaskieren und mit dem Spiel aufzuhören. Das Geld hätten sie ganz sicher nicht genommen, sagten sie immer wieder. Der Kommissar schüttelte den Kopf.

„Seid ihr so naiv oder tut ihr nur so? Das ist versuchter Bankraub. Ein Theaterspiel! Das hab ich in meiner langen Laufbahn wirklich noch nie gehört. Was wolltet ihr damit erreichen?“

„Wir wollten sehen, ob man uns die Rolle abnimmt, ob wir gut genug spielen. Und dann wollten wir auf das Jugendtheater aufmerksam machen.“

„Kinder, Kinder. Ich muss eure Eltern benachrichtigen. Ihr gebt mir jetzt mal eure Namen und Adressen. Wie alt seid ihr eigentlich?“

„Dreizehn.“

„Da habt ihr aber Glück gehabt, ein Jahr älter und ihr wäret strafmündig gewesen.“

Bea und Leslie wurden mit auf die Polizeiwache genommen.

Einige Zeit später trafen Corinna und Simon und Leslies Eltern ein.

„Ich hab dich für vernünftiger gehalten“, sagte Corinna trocken und hatte nur Kopfschütteln für diese Aktion übrig.

„Abgesehen davon, dass das strafbar ist, überlegt mal, in welche Gefahr ihr euch begeben habt.“

Die Mädchen sahen zerknirscht zu Boden.

„Ja, es tut uns wirklich Leid. Wir haben nicht darüber nachgedacht. Wir wollten einfach ein Rollenspiel ausprobieren. Und gerade als wir aufhören wollten, kam dieser Polizist. Sonst wäre gar nichts passiert.“

„Bis darauf, dass ihr den Leuten eine Todesangst eingejagt habt.“

Leslies Vater war sehr verärgert.

„Man sollte dir das Theaterspielen verbieten."

„Nein, Papa, bitte nicht. Ich tu das nie wieder, ich schwöre, aber lass mich weiter spielen."

Leslie begann zu weinen. Das wiederum konnte ihr Vater nur schwer ertragen.

„Aber ganz ohne Strafe kommt ihr nicht davon. Ein bisschen Arbeit an der frischen Luft wird euch auf andere Gedanken bringen, unser Garten wartet schon auf euch. Da könnt ihr mal zeigen, ob ihr auch die Rolle der schönen Gärtnerin beherrscht. Na, wie wäre das?"

„Ja, ja, einverstanden. Hauptsache, ich kann weiter Theater spielen."

Simon und Corinna nahmen Bea mit nach Hause. Sie wollte sich gleich in ihr Zimmer verziehen, aber Corinna rief sie ins Wohnzimmer.

„Und, müssen wir noch mal darüber reden?"

„Nicht nötig, glaube ich."

„Du weißt, dass du Mist gemacht hast?"

„Ja, das war ziemlich blöd. Wir haben nur an den Spaß gedacht."

„O.k., dann reden wir nicht mehr darüber. Sag mal, was gefällt dir so am Theaterspielen?"

„Ich glaube, dass ich da verschiedene Personen sein kann. Das ist wie beim Verkleiden, man zieht ein anderes Kostüm an und ist jemand ganz anderes."

„Und warum möchtest du eine andere sein?"

„Ich weiß nicht, das ist doch lustiger, als immer nur die eine zu sein."

„Hm, vielleicht. So was wie heute kommt nicht mehr vor, ja?"

„Ja, klar, versprochen."

Corinna sah Bea nach, als sie das Wohnzimmer verließ. Eigentlich konnte man sich auf sie verlassen und mit ihren fast vierzehn Jahren war sie ziemlich vernünftig. Vielleicht hatten sie sie zu vernünftig erzogen, sie hatten immer offen mit ihr geredet, ihr alles erklärt, auch ihre Entscheidungen und Handlungen. Vielleicht hätten sie mehr dem Gefühl, dem Zufall überlassen sollen. War es das, was Bea im Theater suchte? Corinna wusste, dass Selbstvorwürfe nichts nützten. Niemand konnte aus seiner Haut. Und Bea würde ihren Weg gehen, da war sich Corinna sicher. Bei Max hatte sie schon eher Bedenken. Er war schrecklich sensibel und nahm sich sofort alles zu Herzen. Und Simon? Corinna seufzte. Jeder von ihnen hatte sein eigenes Leben, sie kümmerten sich gemeinsam um die Kinder, sonst gingen sie getrennte Wege, und noch nicht einmal im Zorn.

Corinna ging in die Küche, um sich ein Glas Wein zu holen.

6

„Gehst du noch mit was trinken, Leslie?"

„Nee, heute kann ich nicht, wir schreiben morgen eine Mathearbeit. Da ist noch Lernen angesagt."

„Bist du sicher, dass du heute noch was in deinen Kopf reinkriegst?"

„Ich muss. Bis morgen dann, viel Spaß noch."

Bea stand mit Stefan vor dem Theater. Stefan war vor einem halben Jahr zu der Gruppe dazugekommen. Er war schon siebzehn, zwei Jahre älter als Bea, und machte neben dem Theater auch noch Tanz, Modern Dance und Jazz Dance. Wie er sich auf der Bühne bewegte, das war schon toll, fand Bea, leicht und geschmeidig.

„Und wir beide? Die Kneipe um die Ecke?"

„Ja, gut."

Bea redete gern mit Stefan. Er würde im nächsten Jahr Abitur machen und dann hatte er vor, auf eine Schauspiel- und Tanzschule in die USA zu gehen. Die hätten einfach mehr drauf, meinte er.

„Wie schaffst du das eigentlich alles, Schule und Theater und Tanz?“

Stefan lachte.

„Alles eine Frage der Einteilung. Morgens Schule, nachmittags Theaterprobe, abends Tanz oder umgekehrt.“

„Und wann lernst du?“

„Zum Glück kapiere ich die Sachen schnell, aber wenn es sein muss, setze ich mich in der Nacht hin und sehe mir den Stoff für die nächste Arbeit an.“

„Du Glücklicher.“

„Eigentlich bist du ja die Glückliche, jedenfalls vom Namen her, Beate heißt die Glückliche.“

„So nennt mich aber keiner, nur Bea, da bin ich nur eine halbe Glückliche.“

„Machst aber den Eindruck einer ganzen.“

„Na ja, ich bin ganz zufrieden. In der Schule läuft es gut, und mit dem Theater ... Ich hätte schon gern mal ’ne größere Rolle, aber dafür reicht es bei mir nicht. Weiß ich selbst. Ich bin nicht so besessen wie du oder Leslie.“

„Wäre ja schrecklich, wenn alle so wären. Wer sollte dann die anderen Rollen spielen?“

„Ich würde gern mal zuschauen, wenn du tanzt.“

„Kein Problem. Am Sonnabend haben wir eine kleine Vorführung, das kannst du dir ansehen.“

„Schön, mach ich. Also bis dann.“

Stefan gefiel Bea, sie fühlte sich von seiner Leidenschaft und Begeisterung angezogen – und von seinem Körper, den sie wunderschön fand. Muskulös und trotzdem weich, stark und geschmeidig wie eine Katze, sie hätte ihn immer ansehen können. Dazu hatte sie an dem folgenden Sonnabend genügend Gelegenheit bei Stefans Tanzvorführung.

Unglaublich, welche Sprünge und Drehungen er vollführen konnte. Die ganze Gruppe bewegte sich völlig synchron zu der rhythmischen Musik. Die Männer warfen die Frauen in die Luft und fingen sie wieder auf, plötzlich lagen sie auf dem Boden und sprangen mit einem Satz wieder auf die Füße, und alles mit einer Schnelligkeit, die schwindlig machte. Durch die engen Trikots sah man jeden einzelnen Muskel. Bea war begeistert.

„Toll!", rief sie Stefan nach der Vorführung zu.

Der war erst mal atemlos und verschwitzt und brauchte eine Dusche.

„Warte hier, wir gehen alle zusammen später noch in die Disko."

Mit Bea zusammen standen noch andere Leute herum und warteten auf Freunde oder Freundinnen. Später fuhren sie in eine Disko auf St. Pauli. Die Tänzer hatten immer noch genug Energie, um sich im zuckenden Licht zur hämmernden Musik zu bewegen. Reden konnte man dabei nicht. Stefan nahm Bea einfach an die Hand und führte sie zur Tanzfläche. Zuerst hielt sie sich etwas zurück, aber bald gewann der Rhythmus der Musik Macht über ihren Körper, und selbstvergessen bewegte sie sich wie die anderen. Irgendwo tanzte Stefan, genauso selbstvergessen wie sie.

„Hast du schon gehört?"

Leslie kam im Laufschritt auf Bea zu.

„Nee, was?“

„Wir sind eingeladen, das ganze Theater, mit unserer Shakespeare-Aufführung, nach Wien zum Theatertreffen im April.“

Leslie war ganz aufgeregt.

„Was? Das ist ja toll! Wir alle?“

„Klar, alle die, die mitspielen.“

„Im April, da sind ja gar keine Ferien.“

„Für so eine wichtige Sache kriegen wir natürlich in der Schule frei. Fünf Tage Wien! Ich freue mich so!“

Bea fühlte sich von Leslies Begeisterung angesteckt.

Im April hatte Bea ihren sechzehnten Geburtstag hinter sich. Die Schule hatte ihr für das Theatertreffen fünf Tage Ferien gestattet. Corinna hatte ihr von Wien erzählt, wo sie mal von der Universität zu einem Vortrag eingeladen gewesen war, und geschwärmt von den Kaffeehäusern, den Theatern, den breiten Straßen mit den Fiakern und dem Prater.

„Hab ganz viel Spaß, meine Süße, und genieß Wien“, hatte Corinna ihr mit auf den Weg gegeben und ihr zugewinkt, als der Bus, der die ganze Gruppe nach Wien bringen sollte, abfuhr.

„Na, ihr zwei, Vorbereitung auf die Weltstadt der Theater und der Musik?“

Stefan beugte sich zu Bea und Leslie runter, die in einem Stadtführer lasen.

„Hier, hör mal: ‚Der Spaziergang über die Ringstraße, Wiens Prachtboulevard, den Kaiser Franz Joseph erbauen ließ, gehört zu den absoluten Höhepunkten der Stadterkundung.‘ Müssen wir unbedingt machen, und Schloss Schönbrunn, den Stephansdom und den Prater.“

„Hey, wir bleiben nur fünf Tage, außerdem haben wir ein bisschen was zu tun, falls dir das entfallen sein sollte. Mindestens eine Probe ist vor der Aufführung noch angesagt.“

„Na gut, aber wenigstens in den Prater möchte ich, einmal mit dem berühmten Riesenrad fahren.“

„Mal sehen, was sich machen lässt.“

Stefan zog sich zurück auf seinen Platz.

„Bist du etwa in Stefan verknallt?“

Leslie sah ihre Freundin prüfend an.

„Weiß ich auch nicht so recht. Ich mag ihn, weil er so nett ist.“

„Und ein guter Schauspieler und Tänzer.“

„Vielleicht auch deshalb. Aber verknallt? Wie ist das cigentlich?“

„Da denkt man nur noch an den einen, ist verwirrt und kann sich nicht konzentrieren“, sagte Leslie mit ironischem Unterton. „Ich kann mir das nicht leisten, lenkt mich zu sehr vom Theater ab.“

„Hm.“

Bea dachte darüber nach, ob sie nach dieser Definition in Stefan verknallt war. Aber für verwirrt hielt sie sich nicht und konzentrieren konnte sie sich auch ganz gut. Möglicherweise gab es noch eine andere Definition für Verliebtsein, dass man gern mit jemandem zusammen war, vielleicht. Die Frage ließ sich nicht beantworten.

„Ich möchte auf jeden Fall einmal in das berühmte Burgtheater. Da kann mir der Prater gestohlen bleiben", bekundete Leslie.

Neugierig sahen sie aus dem Fenster, als der Bus in die Stadt einfuhr. Das musste die Ringstraße sein, überall blühende Kastanienbäume, und da, tatsächlich ein Fiaker mit zwei Pferden. In Hamburg gab es ja auch große Häuser, aber die hier waren so herrschaftlich und prunkvoll, wie aus einer anderen Zeit.

Vor einem Jugendhotel wurden sie abgesetzt. Bea teilte sich mit Leslie ein Zimmer. Den ersten Nachmittag und Abend hatten sie zur freien Verfügung. In dem Hotel waren auch andere Gruppen untergebracht, und schon im Foyer trafen sie Theaterleute aus allen möglichen Städten.

„Woher kommst du denn?"

Bea drehte sich um. Offensichtlich war sie gemeint. Ein gut aussehender, etwa zwanzigjähriger Typ stand hinter ihr. Sein strahlendes Lächeln galt ihr.

„Ich? Aus Hamburg."

„Ach, du gehörst zu der Shakespeare-Gruppe."

„Ja, genau. Und du?"

„Bochum. Wir spielen Miller, ‚Tod eines Handlungsreisenden'. Und wie heißt du?"

„Bea, eigentlich Beate, sagt aber keiner."

„Ich bin Claus, mit C am Anfang."

„Ja, also, nett, dich kennen gelernt zu haben."

„Halt, warte mal, was machst du denn heute Abend?"

„Wir machen erst mal einen Stadtbummel und dann bestimmt noch die Kneipen unsicher."

„Ich kenn eine richtig gute Disko, das ‚Kleine Schwarze', direkt in der Innenstadt. Wollen wir uns da später treffen?"

„Meinetwegen. Ich sag es Leslie, meiner Freundin."

„Also dann bis später, Bea."

Da kam Leslie die Treppe runter.

„Ich habe gerade schon eine Bekanntschaft gemacht, Claus aus Bochum, der will mit uns in die Disko."

„Mit uns ist gut, mit dir vermutlich."

„Ohne dich gehe ich überhaupt nirgends hin. Außerdem, wenn er dich sieht, ist er hin und weg."

„Ach Bea, du stellst dein Licht immer unter den Scheffel. Wir können ja später mal vorbeischauen in dieser Disko."

„Im ‚Kleinen Schwarzen'."

„Wie bitte?"

„Die heißt so, die Disko."

„Ach so. Jetzt lass uns aber losgehen, Wien wartet auf uns."

Sie hatten auch noch Glück mit dem Wetter. Noch jetzt am Nachmittag war es sonnig, ein wunderbarer Frühlingstag. Sie liefen am Rathaus vorbei bis zum Burgtheater, durch den Volksgarten bis zur Hofburg und hinein in die innere Stadt, zum Stephansdom.

„Schau dir diese Torten und Süßigkeiten an!"

Bea hatte die Schaufenster des Café Demel entdeckt, „ehemalige K&K-Hofzuckerbäckerei", stand daran.

„So etwas habe ich noch nie gesehen, das ist ja eine Kunst!"

Allmählich wurde es dunkel.

„Ich kann nicht mehr, außerdem habe ich einen Bärenhunger."

„Ich habe Lust auf ein echtes Wiener Schnitzel, die sollen hier riesengroß sein. Das nutze ich mal so richtig aus, dass ich nicht zu Hause bin. Meine Mutter kocht immer vegetarisch. Manchmal esse ich heimlich eine Currywurst."

„Leslie, das sind ja ganz neue Seiten an dir. Dann suchen wir uns jetzt besser irgendein Lokal. Wie heißt noch dieser Wiener Pfannkuchen mit Füllung?"

„Meinst du Palatschinken?"

„Genau, den würde ich gerne essen."

Sie fanden ein gemütliches Lokal und wurden vorzüglich bedient.

„Bin ich satt!"

„Wien scheint nicht nur die Stadt der Musik, sondern auch des Essens zu sein."

„Oder beides."

Bea deutete auf eine Gruppe Musiker, die gerade begannen, Wiener Musik zu spielen, und von Tisch zu Tisch gingen. Am Tisch der beiden Mädchen blieben sie besonders lange stehen und legten sich ins Zeug, dass die Geigen schluchzten.

„Jetzt wird's aber sehr schmalzig. Wir sollten mal aufbrechen."

„Ich glaube, wir müssen ihnen etwas Geld geben, dann gehen sie bestimmt wieder."

Die Musiker zogen davon.

„Wollen wir jetzt noch in die besagte Disko?"

„Warum nicht, wir können es ja mal probieren. Mal fragen, wo die überhaupt ist."

„Wo treibt sich eigentlich Stefan rum?"

„Genaues hat er nicht gesagt, irgendwas mit Tanz wollte er sich ansehen. Er ist mir auch keine Rechenschaft schuldig."

„Klar, und du ihm auch nicht."

Die Disko fanden sie sofort. Es ging einige Stufen in einen Kellerraum hinunter, in dem so ziemlich alles schwarz war. Nur das Licht flackerte grell, und die Musik übertönte alles. Dann auf einmal orangerotes Licht und leise Musik, der totale Wechsel. Eben noch verstand man sein eigenes Wort nicht, jetzt Schmusetöne.

„Wie wär's mit was zu trinken?"

Claus aus dem Hotel stand vor ihnen.

„Hallo, das ist Leslie", stellte Bea ihre Freundin vor.

„Schön, dass ihr gekommen seid. Eine Cola?"

„Ja, warum nicht."

Bea hatte erwartet, dass sich Claus sofort auf Leslie stürzen würde, aber nichts dergleichen geschah. Er schien nur Augen für sie, Bea, zu haben.

„Willst du mal tanzen?"

„Vielleicht später."

Nach der Musik wollte sie erst mal nicht tanzen, lieber warten, bis wieder etwas Schnelleres kam. Der schien ja ganz nett zu sein, aber so viel Nähe war ihr für den Anfang zu viel. Dann wurde die Musik wieder laut und schnell.

„Das ist das Richtige. Komm mit, Leslie, wir tanzen zu dritt."

Bea nahm Leslies Hand und zog sie auf die Tanzfläche, Claus folgte den beiden etwas unwillig. Und registrierte, dass Bea eher Leslies Nähe zu suchen schien als seine. Als es dann wieder langsamer wurde, glaubte Claus seine Chance gekommen. Er nahm Bea beim Arm und zog sie an sich.

„Jetzt entkommst du mir aber nicht. Wenigstens einen Tanz."

„Na gut, einen zum Abkühlen."

Das sah Claus aber anders. Sein Feuer schien geschürt zu sein, seine Hände wanderten auf Beas Rücken auf und ab. Die wies ihn freundlich, aber bestimmt zurück.

„Zum Abkühlen war wirklich so gemeint. Komm, lass uns lieber was trinken gehen."

Claus' Enttäuschung war kaum zu übersehen, aber er fügte sich und brachte sie zu Leslie an die Bar.

„Wir sollten jetzt aufbrechen, morgen haben wir Probe, das wird ein anstrengender Tag."

„Ich komme mit, wir haben ja denselben Weg."

Claus war nicht abzuschütteln. Er hielt sich in Beas Nähe. Schweigend gingen die drei durch die Wiener Straßen bis zum Hotel, jeder in seine Gedanken versunken. Leslie dachte schon an die morgige Probe, Bea überlegte, wo Stefan wohl den Abend verbracht hatte, und Claus hatte die im Kopf, die da neben ihm ging und wenig empfänglich war für seine Annäherungsversuche.

„Es gibt hier eine Bar im Hotel. Trinkst du noch etwas mit mir?"

Claus machte noch einen Versuch. Leslie hatte bekundet, dass sie gleich ins Bett wollte.

„Na schön. Eine Cola."

Bea setzte sich mit Claus an einen der kleinen Tische. Bar war das kaum zu nennen, eher ein Aufenthaltsraum.

„Gemütlich ist das hier nicht gerade."

„Wir müssen hier ja nicht übernachten. Ich wollte nur einen Moment mit dir allein sein."

„Ach, und wozu?"

„Tu doch nicht so kühl, das weißt du doch. Du gefällst mir."

„Hör mal, du bist sicher sehr nett, aber was du da erwartest, das will und kann ich nicht."

Claus nahm Beas Hand.

„Das ist mir noch nie mit einem Mädchen so gegangen, dass es mich wie ein Blitz getroffen hat."

„Tut mir Leid. Das ist bei mir nicht so."

Bea stand auf, um sich zu verabschieden. Sie hielt die Situation für geklärt. Aber da hatte sie nicht mit Claus' Hartnäckigkeit gerechnet. Der sprang auf und umfasste sie mit beiden Armen. Ehe sie sich versah, hatte sie seinen Mund auf ihrem.

„Hey, was soll das? Bist du verrückt geworden? Lass mich sofort los!"

„Du willst das doch auch! Spielst ein bisschen die Kühle, aber ich krieg den Eisblock schon zum Schmelzen."

„Du lässt mich auf der Stelle los oder ich schreie das Hotel zusammen."

Bea wurde ungeduldig und wütend. Was fiel dem denn ein, sie hier zu überfallen. Sie wollte nichts weniger als sich von dem küssen lassen. Der fragte gar nicht vorher und ging einfach davon aus, dass sie das auch wollte. Idiot!

Claus ließ sie los. Irgendwie sah er aus, als hätte man ihm

die Luft rausgelassen. Bea wandte sich um und entfernte sich in Richtung Treppe.

„Blöde Kuh! Zicke!“, hörte sie ihn hinter sich herrufen.

Der war gekränkt und beleidigt, aber das konnte sie nicht auf sich sitzen lassen.

„Besser als ein wild gewordener Stier, der sich die Hörner einrennt“, rief sie zurück und beeilte sich, die Treppe hochzukommen, bevor es dem einfiel, sie zu verfolgen.

„Puh“, seufzte sie, als sie ihr Zimmer betrat. Leslie lag schon im Bett.

„Gerade noch mal entkommen.“

„Dass der was von dir wollte, war doch klar.“

„Schon, aber dass er handgreiflich werden würde, nicht.“

„Du hast dich hoffentlich erfolgreich gewehrt.“

„Ja. Die Typen haben doch einen Knall, wenn sie glauben, sie würden alles kriegen.“

„Wohl wahr. Sag ich doch immer wieder.“

Bea zog den Schlafanzug an und putzte sich die Zähne.

„Jetzt habe ich aber kalte Füße.“

„Komm einen Moment zu mir ins Bett, ich wärm dich.“

Leslie hielt die Bettdecke hoch und Bea schlüpfte darunter. Wohlig warm lag sie in Leslies Arm und schlief friedlich darin ein.

Am nächsten Tag war eine Probe angesetzt, aber die Aufführung sollte erst am übernächsten sein, sodass sie am Abend wieder frei hatten.

„Wie war deine Tanzvorführung gestern?“, fragte Bea Stefan.

„Unvorstellbar. Das war eine Gruppe aus Brasilien. Was die draufhaben, da kriegt man ganz neue Impulse."

„Hast du heute wieder was vor?"

„Nein, wenn du willst, unternehmen wir etwas."

„Schön. Ich würde furchtbar gern in den Prater gehen, einmal das Riesenrad sehen."

„Wenn's weiter nichts ist. In einer Stunde in der Halle? Dann ziehen wir los."

Mit der U-Bahn fuhren sie zum Prater raus. Das Riesenrad sah man schon von weitem.

„Hast du den Film gesehen ‚Der dritte Mann'? Spielt in Wien in der Nachkriegszeit, zum Teil in der Kanalisation. Da kommt auch das Riesenrad vor."

„Nee, gesehen habe ich ihn nicht, aber Corinna, meine Mutter, hat mir davon erzählt."

„Machen wir erst mal einen Rundgang?"

Im Stillen dachte Bea an den Abend zuvor. Was es doch für einen Unterschied machte, ob man sich bei jemandem wohl fühlte oder nicht. Instinktiv hatte sie gestern Claus abgewehrt und hätte nicht einmal sagen können, warum. Für diese Dinge gab es wohl keine Erklärung, da entschied ganz allein das Gefühl. Mit Stefan war das ganz anders. Mit ihm könnte sie bis ans Ende der Welt gehen. War das nun Verliebtheit? Was bedeutete ihr Stefan? War er ein guter Freund oder mehr? Sie fühlte sich außerstande, die Fragen zu beantworten.

„Hallo, bist du noch da?"

„Ja, entschuldige, ich war gerade in Gedanken."

„Hast du diese Geisterbahn gesehen? Wie aus dem letzten Jahrhundert. Merkwürdig überhaupt, diese Mischung aus modernen und alten Sachen. Eine Grottenbahn! Kennt man nur aus alten Filmen."

„Ich finde das schön, das Altmodische hier."

Stefan legte den Arm um Bea.

„Hey, eine Wahrsagerin! ‚Frau Sonia sieht in die Sterne.' Willst du dir nicht die Zukunft voraussagen lassen?"

Ein skeptischer Blick aus Beas Augen.

„Ich glaub doch nicht an so was."

„Dann erst recht. Nur so zum Spaß. Du musst es ja nicht glauben. Wenn du es nicht tust, wirst du nie erfahren, ob du eine berühmte Schauspielerin wirst."

„Werd ich nicht, weiß ich auch so. Aber wenn du unbedingt meinst, gehen wir rein. Ich hab keine Angst."

In der Holzbude saß eine dicke, ältere Frau. Wie man sich eine Wahrsagerin vorstellt, dachte Bea. Aber wider Erwarten war der Raum hell erleuchtet, und einen Raben oder eine Glaskugel gab es auch nicht.

„Sie möchten etwas über sich wissen, junge Frau?"

Die Alte wandte sich gleich an Bea, Stefan ignorierte sie.

„Ja, also …"

„Kommen Sie her und geben Sie mir Ihre Hand."

Bea gehorchte, mit einem leicht dumpfen Gefühl.

„Eine schöne Lebenslinie haben Sie, allerdings nicht immer gerade. Sie werden einige Umwege machen im Leben. Aber Sie schaffen das, Sie sind nicht leicht unterzukriegen, ein fröhliches Gemüt. Einen Prinzen sehe ich für Sie nicht, das liegt sehr im Dunkeln. Sie werden einen für einen Prinzen halten, aber er wird es nicht sein, nein, auf keinen Fall. Da ist kein Mann fürs Leben. Aber etwas anderes ist da, Sie werden Ihren Teil vom Glück bekommen. Und Sie werden viel Unterstützung in Ihrer Umgebung haben, Familie, Freunde. Mehr kann ich Ihnen nicht sagen."

Bea zahlte die angegebene Summe. Die Alte lächelte sie an.

„Nur Mut, Sie sind ein glücklicher Mensch."

Draußen atmete Bea hörbar aus.

„Was war das denn? Hast du das verstanden? Ich bin jetzt genauso klug wie vorher. Die hat mir ja gar nichts gesagt."

„Du darfst nicht erwarten, dass sie dir konkrete Ereignisse voraussagt, aber sie hat doch große Linien genannt. Ziemlich positiv für dich, finde ich."

„Warum hast du dir nicht in die Hand schauen lassen?"

„Weil ich das schon mal gemacht habe. Bei mir war das Ergebnis allerdings nicht so günstig. Aber darüber möchte ich nicht reden."

Bea gingen die Worte der Wahrsagerin im Kopf herum. Komisch, auch wenn man eigentlich nicht an so was glaubte, beeindruckte es einen doch. Stefan brachte sie wieder auf die Erde zurück.

„Wollen wir da etwas trinken?"

Er deutete auf ein mit wildem Wein bewachsenes, einladendes Lokal.

„O.k., ja."

„Willst du den österreichischen Wein mal probieren?"

„Nee, ich bleib lieber bei Cola. Ich trink keinen Alkohol."

„Ich auch nicht. Einen Kater kann ich mir beim Tanzen nicht leisten."

Danach bestand Bea darauf, einmal mit dem Riesenrad zu fahren, und sie bestiegen eine der roten Gondeln, die mit ihnen in die Höhe schwebte. Immer wieder blieb sie stehen, damit die Fahrgäste die Aussicht genießen konnten. Von oben sah man über ganz Wien mit seinen Lichtern.

„Bea, ich glaube, ich muss dir etwas sagen."

Der sonst so lockere Stefan wirkte befangen. Was war nur los? Beas Herz begann etwas schneller zu schlagen. Sie sah ihm direkt in die Augen.

„Ich mag dich wirklich gern und ich bin sehr gern mit dir zusammen."

Stefan machte eine Pause. Sollte sie jetzt etwas sagen? Aber er fuhr gleich fort.

„Ich hätte es dir vielleicht schon eher sagen sollen. Ich möchte dich nicht verlieren und hoffe, du bist nicht schockiert."

„Worüber sollte ich schockiert sein?"

„Ich ..., also ich steh auf Männer, ich bin schwul, homosexuell."

Bea sah ihn etwas ungläubig an und sagte nichts. Die Worte mussten erst einmal in ihr Bewusstsein dringen.

„Jetzt bist du doch schockiert."

„Nein, nein, äh, ich meine, das kommt nur so überraschend."

„Du hast nichts, gar nichts geahnt?"

„Nein, ich habe an so etwas gar nicht gedacht."

„Ich dachte nur, weil ich doch tanze. Und Mädchen sehe ich auch nicht unbedingt hinterher. Ich ... ich wollte dich nicht verletzen."

„Du verletzt mich nicht, du bist ja ehrlich zu mir."

Bea horchte in sich hinein. Eine leichte Enttäuschung vielleicht, aber richtig böse war sie Stefan nicht. Sie mochte ihn genauso gern wie vorher. Und es änderte sich ja zwischen ihnen nichts.

„Ich möchte nur nicht, dass du etwas erwartest, was ich nicht erfüllen kann."

„Ich weiß selber nicht, was ich erwarte. Da musst du dir keine Gedanken machen. Ich bin auch sehr gern mit dir zusammen, und wenn du Männer magst, na ja, dann magst du eben Männer. Ist doch eigentlich egal, ob Männer oder Frauen."

„Ich bin so froh, dass ich es dir gesagt habe, richtig erleichtert."

Stefan legte den Arm wieder um Bea, und so kamen sie auch im Hotel an, wo einige aus der Theatergruppe in der Halle standen.

„Hey, schaut euch mal das junge Glück an. Da haben sich wohl zwei gefunden!"

Stefan und Bea sahen sich nur an und lächelten sich verschwörerisch zu.

„Na, wie war es?"

Leslie lag schon im Bett, als Bea das Zimmer betrat. Sie legte ihr Buch zur Seite und sah ihre Freundin neugierig an.

„Anders, als du denkst."

„Erzähl schon!"

Bea setzte sich auf die Bettkante.

„Stefan ist schwul."

„Waaas?"

„Da staunst du! Ich war genauso überrascht."

„Und jetzt bist du furchtbar traurig?"

„Komischerweise gar nicht so. Ich mag ihn nach wie vor, nicht mehr und nicht weniger."

„Dann warst du nicht richtig in ihn verliebt."

„Wahrscheinlich nicht. Zumal mir eine Wahrsagerin prophezeit hat, dass ich keinen Traumprinzen bekomme."

„Wart's ab. Es kommt schon noch der Richtige."

7

Kurz vor dem Abitur hatte Bea nicht mehr viel Zeit zum Theaterspielen. Sie ging aber immer noch am Abend mit Leslie oder Stefan etwas trinken, wenn die mit der Probe fertig waren. Was Bea vorher schon geahnt hatte, war ihr nun endgültig klar geworden: dass sie keine leidenschaftliche Schauspielerin werden würde. Besonders, wenn sie Leslie sah, wie die sich mit all ihrer Kraft dem Theater widmete, obwohl auch sie so kurz vor dem Abitur in der Schule gefordert war. Stefan hatte sich bei Schauspielschulen in New York und San Francisco beworben und wartete auf einen Bescheid. Und eines Abends, als Bea mal wieder auf die beiden wartete, kamen sie aufgeregt aus dem Theater auf sie zugelaufen und schlossen sie in die Arme.

„Stell dir vor, ich habe eine Zusage aus San Francisco", platzte Stefan gleich heraus. „Am nächsten Ersten geht es los, ich kann schon meine Koffer packen."

„Ach Stefan, ich freu mich so für dich. Und bin gleichzeitig traurig, dass du nicht mehr hier bist."

„Bei mir gibt's auch Neuigkeiten!", meldete sich Leslie. „Ich bin zu einem Casting beim Film eingeladen. Ist sogar ein ziemlich bekannter Regisseur, und der Stoff hört sich auch interessant an: eine junge Frau, die in Deutschland geboren wurde und im Iran nach ihrer Familie und ihren Wurzeln sucht."

„Toll, das wäre ja die Rolle für dich. Ich drück dir die Daumen, aber wie ich dich kenne, hast du meine Daumen gar nicht nötig."

„Kann nie schaden", lachte Leslie.

Es war der letzte Abend, an dem sie alle drei zusammen waren. Danach war Stefan mit seiner Abreise beschäftigt, Leslie hatte die Rolle bekommen und bereitete sich auf ihren ersten Film vor.

Bea vermisste ihre beiden Freunde schmerzlich. Und noch jemand bereitete ihr Kummer: Corinna. Dass Corinna und Simon zwar noch unter einem Dach lebten, aber getrennte Wege gingen, war nicht neu. Simon nahm oft und gern Gastprofessuren in anderen Ländern an. Als einer der geschätztesten Geographie-Professoren Europas war er ein halbes Jahr in den USA gewesen, in England und in Spanien. All das erfolgte mit Corinnas Einverständnis, auch seine langjährige Beziehung zu einer Kollegin wurde von Corinna gebilligt. Was jetzt geschah, hatte damit nichts zu tun. Corinna verlor ihre Lebenslust und Leidenschaft für den Beruf. Das, was sie bisher aufrecht gehalten hatte, wurde ihr zunehmend egal. Manchmal lag sie am hellen Tag im Bett und starrte an die Decke, und wenn Bea sie fragte, was los sei, antwortete Corinna nur, es gehe ihr nicht so gut. Und man sah es Corinna an, sie alterte. Ihre Mädchenhaftigkeit, die sie sich bis jetzt bewahrt hatte, ging verloren. Sie war siebenundvierzig und befand sich in einer Lebenskrise. Bea hätte ihr gern geholfen, wusste aber nicht wie. Corinna wies sie ab. „Da muss ich selbst durch“, sagte sie und ließ Bea hilflos stehen.

Die Leseabende mit Studenten fanden nach wie vor in ihrer Wohnung statt. Da Corinna eine Menge Schriftsteller, Kritiker und Professoren kannte, waren die Abende zu einer feststehenden Institution im Hamburger Kulturleben geworden. Man traf sich gern bei Corinna zum Plaudern und zum Austausch von Neuigkeiten aus der Literaturszene.

An diesem Abend war Reinhold Raabe angekündigt, ein sehr bekannter deutscher Schriftsteller, der einen Kult um seine Person machte. Er hielt sich nur noch selten in Hamburg auf, die meiste Zeit verbrachte er in seinem Domizil am Lago Maggiore in Italien. Corinna hatte ihn einmal im Hause eines Kritikers kennen gelernt, und er hatte versprochen, bei ihr zu lesen, wenn er mal wieder in Hamburg wäre. Reinhold Raabe sah mit seinen fast fünfzig Jahren unverschämt gut aus, groß und schlank, mit grau melierten Haaren und einem schmal geschnittenen Gesicht, das meist gebräunt war. Die grauen Augen strahlten Unnahbarkeit, eine leichte Arroganz und Ironie aus. Er war jemand, dem man nicht ungestraft zu nahe kam. Corinna fühlte sich trotzdem oder gerade deshalb von ihm angezogen, und auch seine nicht immer gespielte Eitelkeit schreckte sie nicht. Sie vermutete hinter der Fassade eine andere Person. Und die hätte sie gern kennen gelernt.

Im Wohnzimmer waren schon viele Leute versammelt, sie hatten Gläser in der Hand und standen in kleinen Gruppen zusammen. Corinna ging mit einer Weinflasche herum und schenkte nach. Als es klingelte, bat sie Bea, die Tür zu öffnen. Bea hatte sich noch umziehen wollen, es aber so schnell nicht geschafft, und so rannte sie, immer noch in Jeans und weißem T-Shirt, den Flur hinunter zur Tür. Sie öffnete die Tür und blieb wie angewurzelt stehen. Vor der Tür stand ein Mann, der seine grauen Augen in ihre versenkte und sich ebenfalls nicht bewegte. Für einen Moment glaubte Bea einen Blitz in sich zu spüren, dann eine Hypnose, die sie unfähig machte zu reagieren. Sie starrte nur diesen Mann an.

„Bea, wer ist denn da?“, hörte sie von ferne die Stimme ihrer Mutter.

Sie war unfähig, ein Wort zu sagen.

Die Starre löste sich erst, als Corinna hinter ihr stand.

„Herr Raabe, wie schön, dass sie da sind, kommen Sie doch herein. Das ist meine Tochter Bea.“

Auf die erlösenden Worte hin machte Reinhold Raabe einen Schritt in die Wohnung. Corinna führte ihn ins Wohnzimmer. Wie blind und taub folgte Bea ihnen. Da drehte sich Reinhold Raabe um und sah sie noch einmal an, und der Blick fuhr ihr durch den ganzen Körper.

Corinna machte ihn mit einigen Leuten bekannt, bat dann um Ruhe und sprach die einleitenden Worte für die Lesung.

„Meine Damen und Herren, ich freue mich ganz besonders, dass wir heute einen berühmten – zu Recht berühmten – Gast haben. Seine Werke sind in viele Sprachen übersetzt, er ist nicht nur immer wieder die Nummer eins der Bestsellerliste, er ist auch einfach gut. Sie kennen ihn alle, und er wird heute ein Stück aus seinem neuen Roman lesen: Nachtschatten. Reinhold Raabe."

Alle klatschten, und Reinhold Raabe setzte sich auf den ihm zugedachten Stuhl. Er zupfte seinen edlen, grauen Anzug zurecht, schlug das Buch auf und begann zu lesen, mit einer dunkel klingenden, ausdrucksvollen Stimme. Er war ein Mann der Effekte, er wusste, wie er wirkte und setzte die Wirkung gezielt ein.

Bea sah das alles gar nicht, sie war wie betäubt, gelähmt. So einen Zustand hatte sie noch nie erlebt. Was war das nur? Sie konnte sich nicht mal darauf konzentrieren, was Reinhold Raabe las, dabei hätte es sie brennend interessiert. Sie starrte ins Leere und erwachte erst wieder, als alle klatschten.

„Bea, bitte hol doch noch ein paar Flaschen Wein aus dem Kühlschrank."

Corinna stand auf einmal vor ihr.

„Was ist? Geht es dir nicht gut?"

„Doch, doch, schon in Ordnung. Ich hole den Wein."

Sie verschwand in der Küche, öffnete den Kühlschrank und griff wahllos hinein.

„Hat es Ihnen gefallen?"

Vor Schreck ließ sie fast die Flasche fallen.

„Äh ..."

Reinhold Raabe fixierte sie schon wieder mit seinen Augen. Er lehnte am Türpfosten.

„Scheint Sie nicht besonders beeindruckt zu haben. Soll ich Ihnen helfen, die Flaschen zu öffnen?“

Sie musste etwas sagen, sie konnte hier nicht hypnotisiert wie ein Kaninchen herumstehen.

„Ja, bitte. Ich konnte nicht zuhören.“

„Sie konnten nicht zuhören. Aha. Was hat Sie denn so abgelenkt?“

„Sie.“

Jetzt war Reinhold Raabe stumm.

Die Situation wurde unerträglich.

„Wo bleibst du denn mit dem Wein?“

Corinna steckte ihren Kopf in die Küche.

„Oh, Sie helfen beim Korkenziehen! Nett. Die eine Flasche nehme ich schon mit, bring die anderen bitte ins Wohnzimmer.“

Bea strebte aus der Küche hinaus, an Reinhold Raabe vorbei.

„Ich muss Sie wiedersehen“, flüsterte er ihr zu.

„Ja“, sagte Bea leise und ohne Widerstand.

Der Rest des Abends spulte sich ab wie ein Film. Bea schenkte den Gästen Wein ein, plauderte mit dem und jenem, bekam Komplimente wegen ihres Aussehens. Sie registrierte, wie Corinna versuchte, mit Reinhold Raabe ins Gespräch zu kommen, wie er freundlich, aber distanziert alle Ansinnen, mit ihm zu plaudern, an sich abprallen ließ, wie er sie manchmal mit den Augen suchte und sie wegblickte. Sie sehnte sich danach, dass der Abend endlich zu Ende wäre, sie hielt die innere Spannung kaum noch aus.

Erst als alle gegangen waren, atmete sie auf. Corinna stürzte sofort auf sie zu.

„Du sahst aus, als würdest du jeden Moment umfallen, bist immer noch blass. Was hast du denn? Ist dir übel?"

„Ja, mir ist etwas schlecht. Ich glaube, ich kriege meine Regel."

„Ach so. Dann leg dich am besten ins Bett. Ich räum alleine auf. Mach dir eine Wärmflasche."

Jetzt hatte sie auch noch Corinna angelogen. Das hatte sie noch nie getan. Aber sie hätte Corinna gar nichts sagen können, sie wusste selbst nicht genau, was mit ihr geschah. Sie wusste nur, dass es irgendetwas Schicksalhaftes war, etwas ganz Wichtiges.

Eine Woche lang ging Bea wie durch Watte. Sie musste sich zusammenreißen, um sich auf die Abiturarbeiten zu konzentrieren. Die Anstrengung war so groß, dass sie hinterher erschöpft ins Bett fiel, unfähig zu irgendeinem Gedanken. Das Bild dieses Mannes, den sie nur einmal gesehen hatte und doch nicht vergessen konnte, schwebte ihr vor Augen. Wenn sie an einem Buchladen vorbeiging und sein neues Buch im Schaufenster sah, schnitt es ihr ins Herz. Sie nahm „Nachtschatten" von Corinnas Schreibtisch und las es, verschlang es, in der Hoffnung, etwas über den Mann zu erfahren, der es geschrieben hatte.

„Hat dich die Lesung beeindruckt oder der Autor?", fragte Corinna, als sie Bea mit dem Buch in der Hand sah. „Wie findest du den Roman?"

„Ich habe ihn noch nicht durchgelesen. Ist ganz gut."

„Da untertreibst du aber ein bisschen. Die Kritik überschlägt sich förmlich, er steht schon überall an Nummer eins. Und wie findest du den Schreiber?“

„Wirkt ganz nett.“

„Finde ich auch. Ich sehe ihn nächste Woche auf dem Empfang bei Lichtenbergs. Vielleicht kriege ich ihn zu einer Lesung an der Universität. Als Mensch würde er mich übrigens auch interessieren. Ich glaube, der tut nur so unnahbar. Seine Arroganz ist Fassade, in Wirklichkeit ist er wahrscheinlich ängstlich. Oder auch nicht. Wer kennt schon die Männer.“

„Hm.“

Beas Wortkargheit ließ Corinna aus ihrem Zimmer verschwinden.

Bea hielt es nicht mehr aus. Sie legte das Buch beiseite und zog sich eine Jacke an. Sie musste raus an die Luft, eine Runde um die Alster drehen.

Es roch leicht nach Frühling. Sie sog die kühle Luft ein und schlug den Weg zur Alster ein. Er stand an einen Baum gelehnt und rauchte. Sie bemerkte ihn erst, als sie fast vor ihm stand und traute ihrer Wahrnehmung kaum.

„Was machen Sie hier?“

„Auf Sie warten.“

„Sie konnten doch gar nicht wissen, dass ich rauskommen würde.“

„Intuition.“

„Wäre es nicht einfacher gewesen anzurufen? Sie hätten sich das Warten erspart.“

„Ich überlasse gern einen Teil dem Schicksal. Außerdem inspiriert mich das Warten. Ist Warten nicht der schönste Zustand überhaupt? Man weiß, dass etwas passiert, aber nicht, was.“

„Nun bin ich da. Ich wollte übrigens nur ein bisschen spazieren gehen.“

„Dann gehen wir gemeinsam.“

„Sie leben gar nicht mehr in Hamburg?“

„Ich habe meine Wohnung behalten und halte mich ab und zu hier auf, aber die meiste Zeit verbringe ich am Lago. Ich habe mir da eine kleine Villa gekauft.“

„Und da schreiben Sie dann die Romane, die Ihnen das Geld dafür bringen.“

„Die Romane bringen nicht so viel Geld ein, wie Sie denken. Außerdem braucht man dafür Inspirationen, und die kommen aus anderen Quellen, Reisen, Erlebnisse, Erfahrungen.“

„Meine Mutter mag sehr, was Sie schreiben.“

„Sie nicht?“

„Ich kann das nicht beurteilen. Meine Mutter …“

„Mich interessiert aber mehr, was Sie dazu sagen.“

„Na ja, Sie beschreiben Frauen, die immerzu den Männern zu Füßen liegen.“

„Tun sie das nicht?“

„Ich kenne einige, die das nicht tun, meine Mutter, meine Freundin …“

„Und Sie?“

„Ich auch nicht.“

Er verstummte. Hatte sie ihn jetzt gekränkt mit ihren Äußerungen? Wahrscheinlich war er es nicht gewohnt, dass ihm jemand etwas Kritisches sagte. Er zündete sich wieder eine Zigarette an.

„Ich fürchte, ich werde Ihnen verfallen. Bin auf dem besten Wege dazu."

Bea verstand im ersten Moment nicht richtig, was er da sagte. Ihr verfallen? War er verliebt in sie? Was wollte er von ihr? Sollte sie ihm jetzt sagen, dass sie ständig an ihn denken musste? Auf einmal hatte sie das Gefühl, dass ihr alles über den Kopf wuchs. Sie war verwirrt, wusste nicht mehr, wie sie reagieren sollte. Panik überkam sie. Sie wollte nur noch weg.

„Ich kehre jetzt um und gehe nach Hause. Auf Wiedersehen, Herr Raabe."

Das musste wie eine Flucht aussehen, Bea rannte fast. Atemlos stand sie im Hausflur, nachdem die Eingangstür hinter ihr zugeschlagen war. Was hatte sie gemacht? Sie war weggelaufen. Was musste er von ihr denken?

„Warum stehst du hier rum?"

„Mensch Max, hast du mich erschreckt!"

Sie hatte ihren Bruder nicht kommen hören.

„Wo kommst du denn her?"

„Vom Sport natürlich, wie immer. Das weißt du doch."

Das hätte sie sich wirklich denken können. Max kam immer vom Sport, nie vom Lernen. Das machte ihm einfach keinen Spaß, und seine Schulnoten waren leider nicht die besten. Manchmal hatte Bea immer noch den Verdacht, dass trotz der oberflächlich normalen Entwicklung bei Max ein kleiner Teil des Gehirns durch den Unfall geschädigt sein musste und er sich deshalb so schlecht konzentrieren konnte. Sicherlich war das auch der Grund, warum sie sich, sozusagen als Wiedergutmachung, sehr für alle Schwachen und Benachteiligten engagierte.

„Ach ja, na klar. Komm, wir gehen hoch, Corinna hat bestimmt etwas zu essen gemacht."

Drei Tage später wiederholte sich die Begegnung. Als Bea am späten Nachmittag das Haus verließ, wartete Reinhold Raabe auf der Straße. Er hatte offenbar schon eine ganze Weile dort gestanden, rauchend. Ein leichter Nieselregen hatte sich auf seine Haare und seinen Mantel gelegt. Beas Herz machte einen Sprung. Sie ging auf ihn zu.

„Sie werden sich erkälten."

„Wenn ich an Lungenentzündung sterbe, dann Ihretwegen."

„Ich erbarme mich und trinke einen Tee mit Ihnen."

„Sie Tee, ich Rotwein. So krank kann ich nicht sein, dass ich Tee trinken würde. Ich habe mein Auto hier stehen. Kommen Sie, steigen Sie ein!"

Er führte Bea zu einem schwarzen Jaguar, der um die Ecke geparkt war. Sobald er im Auto saß, zündete sich Reinhold Raabe wieder eine Zigarette an. Er fuhr Richtung Westen, Altona, die Elbchaussee entlang nach Blankenese, dort wo Beas Großeltern wohnten. Wie lange sie die nicht mehr gesehen hatte! Sie sollte sich dort mal wieder blicken lassen, die Oma hatte sie schon so oft gebeten zu kommen, und sie war der Einladung nie gefolgt.

„Wo fahren wir hin?"

„Ein Lokal in Blankenese, direkt an der Elbe. Da sitze ich manchmal und sehe mir die Schiffe an, die vorüberfahren."

„Das habe ich früher auch immer gemacht. Im Garten von meinen Großeltern, die wohnen hier ganz in der Nähe."

Reinhold Raabe parkte den Wagen direkt vor dem Lokal. Es war noch ziemlich leer, zum Essen war es zu früh. Sie saßen an einem Tisch am Fenster mit Blick auf den Fluss. Eine Zeit lang sah er Bea nur an. Er nahm ihre Hand und führte sie zu seinem Mund.

„Ich will Sie. Ich begehre Sie."

Bea entzog ihm die Hand. Sie begehrte ihn auch, ihr Körper zog sich schmerzhaft zusammen. Aber sie spürte auch eine Gefahr, eine vage Ahnung, dass dieser Mensch sie zu sehr in seinen Bann schlagen, Macht über sie haben könnte.

„Ich spüre bei dir einen Widerstand."

Er hatte sie zum ersten Mal mit Du angeredet. Bea sagte gar nichts. Er sprach einfach weiter.

„Das reizt mich, das macht mich verrückt."

Bea fühlte sich hin- und hergerissen. Sie hatte das Gefühl, als müsse sie sich gegen ihn wehren. Aber ihre Zuneigung war genauso stark, wie eine Kraft, gegen die sie machtlos war mit ihren Überlegungen. Als er wieder ihre Hand nahm, entzog sie sie ihm nicht. Ein Schauer lief über ihren Rücken, als er ihren Arm streichelte.

„Sie, äh du trinkst gar nicht."

„Ja, du hast Recht."

Er nahm einen Schluck von seinem Wein. Gleich darauf zündete er sich eine Zigarette an und zog ein Blatt Papier und einen Stift aus der Tasche.

„Entschuldige, ich will nur kurz einen Gedanken aufschreiben."

Bea sah auf seine Hände, lange schmale Finger. In der rechten Hand hielt er einen silbernen Stift. Alles, seine Gesten, seine Körperhaltung, selbst die Dinge, die er bei sich trug, strahlten Eleganz und Stilsicherheit aus.

Er ist schön, dachte Bea. Wo soll das hinführen?

8

Er hatte ihr seine Adresse gegeben und gesagt, dass er am Sonntag auf sie warten würde. Vorher war er ein paar Tage auf Lesereise. Bea hatte Zeit zum Überlegen. Sie wusste genau, was passieren würde, wenn sie am Sonntag zu Reinhold ginge. Sie wusste auch, dass sie gehen musste, nichts würde sie davon abhalten können. Vielleicht machte sie einen großen Fehler, vielleicht begab sie sich in etwas hinein, dem sie nicht gewachsen war. Aber sie musste es tun. Sie hatte niemanden, mit dem sie darüber reden konnte. Leslie war zu Dreharbeiten unterwegs, Stefan in San Francisco, Corinna konnte sie nichts erzählen. Noch nicht, irgendwann würde sie mit ihr darüber reden müssen. Sie wusste, dass Corinna an Reinhold interessiert war. Sie hatte ihn zum Essen eingeladen, er hatte abgesagt, Zeitmangel. Sie konnte Corinna nicht beichten, dass sie sich mit Reinhold traf, es würde ihr weh tun. Bea war allein auf sich angewiesen.

Am Sonntag gegen fünf Uhr zog sich Bea aus und ging ins Bad. Sie war allein in der Wohnung, Corinna war mit

Max ins Kindertheater gegangen. Das Wasser in der Badewanne dampfte. Bevor sie hineinstieg, betrachtete sie sich im Spiegel. Schmal, fast zart war ihr Körper gebaut, aber sichtbare Muskeln hatte sie an Armen und Beinen. Nein, zerbrechlich wirkte sie eigentlich nicht. Ihre Brüste waren nicht sehr groß, aber rund und fest, der Bauch flach, und die Hüften rundeten sich. So werde ich nie wieder sein, dachte Bea, so unversehrt, und stieg in die Wanne. Durchblutet, gewärmt und mit frisch gewaschenen Haaren nahm sie ein Handtuch und rieb sich trocken. Sie zog einen schwarzen Slip an, auf einen BH verzichtete sie. Sie hätte sich verkleidet gefühlt, weil sie nie einen trug. Schwarze Jeans und ein enges schwarzes T-Shirt, fertig. Eine Stunde später verließ Bea das Haus.

Reinholds Wohnung lag gar nicht so weit von ihrer entfernt, in Winterhunde. Wohnung war untertrieben, es handelte sich um ein kleines Haus. Jetzt am Sonntagnachmittag gab es auf den Wegen an der Alster einige Spaziergänger. Bea atmete tief durch, bevor sie den Finger auf die Klingel drückte.

Ein „Ja?“ ertönte aus der Sprechanlage, und Bea meldete sich schlicht mit „Bea Hansen“.

„Komm rein!“

Die Tür öffnete sich. Aus dem Hintergrund des Flures kam Reinhold Raabe auf sie zu, wie immer in einem eleganten Anzug, darüber eine Hausjacke aus hellgrauem Flanell. Er rauchte.

„Schreibst du?“

„Nein, ich habe mich auf deinen Besuch vorbereitet. Gewartet und meinen Empfindungen nachgespürt."

„Und was empfindest du?"

„Ich möchte dich sehen, nackt."

Reinhold stand ganz nahe bei Bea. Sie atmete den Rauch der Zigarette ein. Er zog ihr die Jacke aus und warf sie über einen Stuhl, strich mit den Händen die Silhouette ihres Körpers entlang.

„Du bist schön", sagte er.

Bea wich seinem Blick nicht aus, warf die Haare auf den Rücken.

„Ich ziehe dich jetzt aus."

Er zog ihr das T-Shirt über den Kopf. Darunter war Haut. Er öffnete ihre Hose, streifte sie über die Beine. Dann hob er sie hoch und trug sie zum Sofa, zog ihr die Schuhe aus, Strümpfe und Hose und auch den Slip. Bea war nackt.

„Bleib so liegen!"

Reinhold ging ein paar Schritte zurück.

„Ich möchte dich nur ansehen."

Bea gab sich seinen Blicken hin. Keine Berührung, nicht einmal ein Kuss. Sie sah in seinen Augen, dass er sie begehrte, dass er den Moment hinauszögern wollte, in dem er sie anfasste. Er stand nur da und rauchte. Dann schloss Bea die Augen und ließ sich einfach treiben. Sie lag auf diesem Sofa und wurde angesehen, von ihm.

Nach einer langen Zeit – oder kam es ihr nur so lang vor? – spürte sie seine Hände auf ihrem Körper. Er hob sie erneut auf und trug sie in ein anderes Zimmer, auf ein großes Bett. Und dann merkte sie, wie seine Hände sie erkundeten, überall, und wie ihre Lust wuchs und auch ihre Hände ihn suchten und fanden. Alles war neu, und zum ersten Mal spürte sie einen Mann. Es schien ihr lang und kurz zugleich, bis er schließlich neben ihr lag und rauchte.

„Das erste Mal vergisst man oder vielmehr ‚frau' wohl besser."

„So schlimm war es nicht."

Nein, schlimm war es nicht, aber das Vorher hatte ihr viel besser gefallen als die Sache selbst. Das liegt vermutlich an meiner mangelnden Erfahrung, dachte Bea, wird schon was dran sein, wenn alle davon reden.

„Wie alt bist du?"

„Neunzehn."

„Und du hast noch nie vorher Sex gehabt?"

„Hat sich nicht ergeben."

„Da war meine Generation ganz anders. Wir konnten nicht genug kriegen davon."

„Ich weiß, Corinna, meine Mutter, erzählt manchmal von diesen Zeiten. Du könntest mein Vater sein."

„Dann wäre das, was wir gerade gemacht haben, aber Inzest."

Reinhold stand auf, zog sich einen Morgenmantel über und ging ins Bad. Bea überlegte, dass sie nach Hause gehen sollte, es war spät geworden. Sie hatte erwartet, dass Reinhold irgendetwas sagen würde, wie es für ihn war oder was er empfand, aber es kam nichts.

„Du kannst noch bleiben, wenn du willst", rief er aus dem Bad, „aber ich werde jetzt schreiben, bin gerade in der richtigen Stimmung."

„Nein, ich muss nach Hause“, antwortete Bea und versuchte, nicht enttäuscht zu klingen.

„Ich bin die nächsten Tage unterwegs, Lesungen und so weiter. Danach melde ich mich bei dir. Ich lauer dir auf vor deiner Tür, ich verfolge dich, wohin du auch gehst, bleibe auf deinen Fersen.“

Bea zog sich an. Reinhold saß schon an seinem Schreibtisch vor dem Laptop, mit seinen Gedanken beschäftigt.

„Also, ciao!“

„Ciao, bellissima!“

Frische, kühle Luft. Zu Fuß ging Bea durch die Straßen bis zu ihrer Wohnung. Was faszinierte sie so an diesem Mann? Er hatte etwas Geheimnisvolles, Undurchdringliches. Niemals würde er jemanden an sich heranlassen, er hatte sich von allen gründlich abgeschirmt. Einsam, ja, er war tief in seinem Innern einsam, aber er kultivierte diese Einsamkeit. Genau das zog sie an. Sie wusste nicht warum, aber sie würde ihn wiedersehen, wann immer er sie haben wollte.

Corinna fiel ihr ein. Sie musste Corinna die Wahrheit sagen, das war sie ihr schuldig. Sie wusste, dass sie sie verletzen würde, und Corinna war gerade in keiner guten Verfassung. Aber sie würde nicht darum herumkommen. Warum musste das so schwierig sein? Bisher waren die Dinge in ihrem Leben klar und geradlinig gewesen, sie konnte immer allen die Wahrheit sagen, zumindest das, was sie für wahr hielt. Da waren keine Zweideutigkeiten. Jetzt hatte sie das Gefühl, in etwas verstrickt zu werden, was sie nicht in der

Hand hatte, was außerhalb von ihr lag. Und die Konsequenzen waren nicht abzusehen.

„Bea, bist du es?"

Corinna rief aus ihrem Arbeitszimmer.

„Ja."

„So spät schon, ich habe die Zeit ganz vergessen beim Lesen. Und was hast du gemacht?"

Bea gab sich einen Ruck. Wenn sie diese Gelegenheit nicht nutzte, würde sie es nie wieder können.

„Ich ... ich war bei einem Mann."

„Du warst ...? Ich meine, willst du sagen, du hast mit einem Mann geschlafen?"

„Ja."

„Das war das erste Mal, nicht?"

„Ja."

„Möchtest du darüber reden? Hast du es schön gefunden? Brauchst du jetzt die Pille?"

„Das ist alles nicht das Problem. Es tut mir so Leid, ich möchte dir nicht weh tun. Aber ich muss es dir sagen. Der Mann ist Reinhold Raabe."

Corinna sah ihre Tochter entgeistert an.

„Bea, wir haben dir noch nie irgendwo reingeredet, sondern dich immer selbst entscheiden lassen, weil du vernünftig bist. Aber das! Reinhold Raabe! Du bist verrückt! Er wird dich unglücklich machen. Er ist mehr als doppelt so alt wie du, er hat unzählige Frauen und legt sich nie fest. Er ist seelisch verkrüppelt. Das Einzige, was er kann, ist schreiben. Bea, hör auf mich, mach so schnell wie möglich Schluss damit."

Corinna trank ihr Glas Wein in einem Zug aus.

„Ich weiß, dass du ihn magst", sagte Bea leise. „Es tut mir Leid."

„Es geht mir nicht um mich, ich möchte nicht, dass du unglücklich wirst."

„Doch, Mama, es geht auch um dich. Ich sehe, dass du mit Simon schon lange nichts mehr zu tun hast, außer dass ihr auf dem Papier verheiratet seid und Kinder habt. Du lebst gar nicht mehr richtig, hast an nichts mehr Freude, selbst deine Arbeit füllt dich nicht aus. Und Reinhold Raabe hätte dich interessiert, das weiß ich. Und deshalb tut es mir auch so Leid. Aber ich kann nicht anders. Er zieht mich so an, dass ich mich nicht dagegen wehren kann."

Corinna sah unendlich traurig aus. Bea umarmte sie, und eine Weile verharrten sie regungslos.

„Ist schon gut, meine Kleine. Ich bin froh, dass du es mir gleich gesagt hast. Wenn du Kummer hast, kannst du immer zu mir kommen. Und wenn er dir ein Haar krümmt, dreh ich ihm eigenhändig den Hals um."

„Ach, Mama."

„Die Pille solltest du dir trotzdem verschreiben lassen. Verhütung ist bestimmt das Letzte, woran er denkt."

Eine Woche später stand Reinhold wieder vor dem Haus, ohne jede Vorankündigung. Wieder lehnte er am Baum und rauchte, als Bea auf die Straße trat. Wieder traf es sie unvorbereitet.

„Du kannst doch gar nicht wissen, wann ich herauskomme", sagte sie.

„Du weißt nicht, wie lange ich hier schon stehe“, antwortete er.

„Es wäre leichter anzurufen.“

„Ich sagte es schon, ich mag das Warten. Gehen wir zu mir.“

Bea begleitete ihn zu seinem Haus, und wieder zog er sie aus und betrachtete sie lange. Dann holte er einen Fotoapparat und begann, sie zu fotografieren.

„Nein, bitte, das möchte ich nicht.“

„Die Fotos sind nur für mich, kein anderer wird sie je zu Gesicht bekommen.“

„Trotzdem.“

„Komm, tu mir den Gefallen. Dann kann ich dich ansehen, auch wenn du nicht da bist.“

Bea schämte sich, nicht weil sie nackt vor ihm lag, sondern weil sie sich vorstellte, wie er später die Fotos allein, in ihrer Abwesenheit, ansehen würde. Aber sie war unfähig, sich zu wehren. Also fotografierte er sie und setzte sich dann zu ihr, rauchte und blies ihr den Rauch über den Körper.

„Du bist jung und schön.“

Als es klingelte, ging er zur Haustür und öffnete. Bea hüllte sich in die Decke, sie wollte auf keinen Fall, dass irgendjemand sie so sähe. Aber es kam niemand herein. Stattdessen hörte sie eine Frauenstimme, die immer erregter wurde und sich schließlich in Beschimpfungen erging. „Mistkerl“ hörte sie und „Verräter“ und andere Wörter und dazwischen Reinholds Stimme ruhig und kalt. „Ich habe dir nichts versprochen. Was fällt dir ein, dich hier so aufzuführen?“ Dann sagte die Frau wieder etwas, was Bea nicht ganz verstand.

Und Reinhold erwiderte, sie sei hysterisch und aufdringlich und sie solle einen Psychiater aufsuchen, wenn sie mit ihrem Leben nicht zurechtkäme, aber nicht ihn. Irgendwann war es ruhig und die Tür wurde geschlossen.

„Wie mir das auf die Nerven geht!"

Reinhold kam wieder ins Wohnzimmer.

„Diese Frauen drängen sich einem förmlich auf und stellen dann Ansprüche, als hätte man ihnen die Ehe versprochen. Widerlich!"

„Wahrscheinlich haben sie das Gefühl, du würdest ihnen was versprechen, wenn du mit ihnen ins Bett gehst."

Reinhold blickte ärgerlich aus dem Fenster.

„Erstens kommen sie freiwillig und drängen eher mich ins Bett. Zweitens habe ich noch keiner etwas vorgemacht. Ich sage immer ehrlich, was ich will und was ich nicht will. Und drittens geht mir das alles sowieso auf die Nerven. Ich kann keine Frau aushalten neben mir."

Reinholds Blick schwenkte zu Bea.

„Außer dir, du bist meine Muse, du inspirierst mich. Dich kann ich immer ansehen, und mir kommen die besten Ideen."

Bea lief ein Schauer über den Rücken, und sie zog die Decke enger um sich, als würde sie ein kühler Hauch streifen.

Dann war er bei ihr, seine Hände glitten unter die Decke und begannen, sie zu streicheln. Ihre Haut dehnte sich unter seiner Berührung, das Blut pulsierte und ihr wurde warm. Er trug sie zum Bett.

Später las er ihr aus seinen Manuskripten vor. Er schrieb an einem neuen Roman. Die Handlung sollte halb in Hamburg und halb in Thailand spielen. Es ging um einen Mann mit einer thailändischen Mutter, der in Deutschland geboren und nun auf den Spuren seiner Vergangenheit war. Er wusste nicht, wo er hingehörte. In diesem Hin- und Hergezogensein lernte er eine junge Frau kennen und verliebte sich in sie. Noch wusste Reinhold nicht, wie es weitergehen sollte.

Bea hörte ihm aufmerksam zu. Wenn Reinhold las, bekam er einen Glanz, er leuchtete fast. So fand sie ihn am schönsten. Man merkte, dass das Scheiben bei ihm aus einer inneren Glut kam. Bea bewunderte ihn dafür. Sie hatte auch Leslie und Stefan bewundert für deren Leidenschaft für Theater und Tanz. Bea hatte ihre wahre Leidenschaft noch nicht gefunden, nur immer mal eine kleine, die dann schnell wieder verschwand. Sie wusste noch nicht einmal, was sie beruflich machen wollte. Zur Zeit ließ sie sich treiben. Die Abiturprüfungen waren fast vorüber. Und dann? Sie lag hier mit einem berühmten Schriftsteller im Bett und wollte nicht darüber nachdenken. Auch nicht darüber, wie es mit ihnen weitergehen würde. Irgendwann würde vielleicht auch sie, Bea, vor der Tür stehen, wie diese Frau heute, und Reinhold Vorwürfe machen. Nein, das würde sie nicht. Dazu wäre ihr Stolz zu groß. Niemals würde sie ihn um etwas bitten. Nicht daran denken, nicht jetzt.

Zwei Monate lang fanden diese Treffen in Reinholds Haus statt, in unregelmäßigen Abständen. Zwischendurch verschwand Reinhold, hatte mit Lesungen und Besprechungen mit seinem Verleger zu tun. Dann stand er wieder vor Beas

Haus und wartete auf sie. Es gab keine Verabredungen, er rief nicht an. Bea musste immer darauf gefasst sein, dass er wieder auftauchte. Sie lebte in der größten Unsicherheit, es konnte auch sein, dass er nichts mehr von sich hören ließ. Er hielt sie an der langen Leine. Manchmal fühlte Bea eine Schlinge um ihren Hals, die sich zuzog. Sie war so machtlos und zur Untätigkeit verdammt.

Dann war er eines Tages im Juni wieder da und sagte zu ihr:

„Komm mit mir an den Lago Maggiore. Ich fahre morgen."

9

Corinna hatte getobt und gefleht, Simon hatte ihr ins Gewissen geredet. Es hatte nichts genutzt, Bea war mit Reinhold Raabe in sein Haus nach Italien gefahren. Irgendwo tief in ihrem Innern meldeten sich Zweifel, aber die schob sie beiseite.

Wenigstens hatte Corinna vorher darauf bestanden, dass Bea sich um einen Studienplatz kümmerte. Bea hatte hin- und herüberlegt, was sie studieren sollte. Auf keinen Fall Germanistik oder Geographie, so viel stand fest. Es musste etwas sein, bei dem die Arbeit später konkret und praktisch war. Ihr fiel nichts ein. Einen Moment lang dachte sie an ein Jurastudium, da könnte sie dann als Rechtsanwältin arbeiten. Aber das Studium war zu trocken und langweilig, und sie hatte keine Lust, Paragraphen zu lernen. Sie wollte mit Menschen zu tun haben, denen sie helfen konnte, irgendetwas im sozialen Bereich. Bea bewarb sich lustlos um einen Studienplatz an der Fachhochschule für Sozialpädagogik. Kaum hatte sie die Bewerbung losgeschickt, hatte sie es auch schon wieder vergessen. Denn das, was gerade in ihrem Leben passierte, war weit aufregender als der Gedanke an ein Studium.

In Reinholds Jaguar fuhren sie auf der Autobahn nach Süden. Bea erinnerte sich, wie sie schon einmal nach Italien gefahren war, mit ihren Eltern in die Toskana. Da war sie noch ein Kind. Bei Locarno verließ Reinhold die Autobahn und nahm kleinere Straßen in Richtung Cannobio am See entlang.

„Es ist wunderschön."

Bea genoss den Blick auf den See und die Berge. Jetzt gegen Abend ging die Sonne langsam unter und hinterließ einen rötlichen Schimmer am Himmel.

„Ja, es ist ein schönes Fleckchen Erde."

Auf kurvigen Straßen ging es wieder hoch in ein kleines Dorf. Reinhold parkte vor einer Villa, einem Landhaus.

„Wir sind da."

„So etwas kann man sich vom Bücherschreiben leisten?"

„Nein, vom Bücherschreiben allein nicht. Ich schreibe auch Drehbücher fürs Fernsehen."

Reinhold führte Bea ins Haus. Ein breiter, heller Flur mündete in ein verglastes Zimmer mit großer Terrasse, von der aus man den Blick auf den See hatte. Jetzt, in dem etwas dunstigen Licht am Abend verschwammen die Konturen des Sees mit denen des Himmels.

„Oben sind zwei Gästezimmer, such dir eins aus", forderte Reinhold sie auf. Sie war ein bisschen erstaunt, aber im gleichen Moment auch zufrieden. Das würde bedeuten, dass sie für sich sein konnte. Vom oberen Stockwerk konnte man sehen, dass der Garten sich weit hinunterzog und es auch einen Swimmingpool gab. Sie durchschaute Reinhold einfach nicht. Warum hatte er sie mitgenommen? Sie konnte ihm doch gar nichts bieten, außer vielleicht ihre Jugend. Wollte er das? Wollte er sehen, wie sie auf ihn reagierte?

„Wir fahren zum Essen ins Dorf", unterbrach Reinhold ihre Gedanken. „Hier im Haus ist nichts mehr."

Er hatte sich umgezogen, trug einen hellgrauen Leinenanzug, der perfekt zu seinen Augen und Haaren passte. Merkwürdigerweise interessierte er sich überhaupt nicht dafür, was sie trug. Jeans und T-Shirt waren ihm ebenso recht wie ein Kleid. Nur seine eigene Kleidung, sein Aussehen waren ihm wichtig.

„Ich würde dir den Fisch oder das Lamm empfehlen, beides ist exzellent hier. Und vorher vielleicht eine selbst gemachte Pasta mit Salbei und Butter."

„Gut, dann den Fisch."

Das Dorfrestaurant entpuppte sich als Lokal der Spitzenklasse. Da Bea durch die strenge Schule ihrer Großeltern gegangen war, hatte sie jede Scheu vor solchen Lokalitäten verloren. Sie wusste, wie man aß und wie man sich benahm und zeigte sich nicht im Geringsten beeindruckt. Sie saßen in einer Glasveranda hoch über dem See, unten funkelten die Lichter.

„Den Besitzer kenne ich schon ganz lange", erklärte Reinhold.

„Wie lange hast du das Haus schon?"

„Fünfzehn Jahre. Davor bin ich ziemlich viel in der Welt

umhergezogen. Nach Hamburg wollte ich nicht mehr zurück, jedenfalls nicht ganz. Das Klima hier ist doch weit angenehmer. Außerdem wohnt der Fernsehproduzent, für den ich schreibe, in der Nähe."

„Was für Drehbücher schreibst du eigentlich?"

„Vorabendserien, laufen endlos. Man muss sich immer was Neues einfallen lassen, aber wenn man mal Routine hat, geht das ganz schnell. Das meiste ist Technik. Im Gegensatz zu einem Roman."

Reinhold berührte unter dem Tisch mit seinem Fuß Beas Bein und wanderte nach oben.

„Das habe ich besonders gern, Dinge, die man von außen nicht sieht, die sich im Verborgenen abspielen und dennoch einen Schatten werfen, auf Gesichter zum Beispiel. Auf deins."

„Wie sehe ich denn aus?"

„Überrascht und etwas lüstern. Dir gefällt das Spielchen, oder?"

„Solange es unterm Tisch bleibt."

„Keine Angst, ich weiß, wie man sich in einem Lokal benimmt. Ein Dessert? Die Pannacotta ist ausgezeichnet."

Später tranken sie in einer Bar am See einen Espresso und fuhren in die Villa zurück.

„Bleib hier bei mir, ich möchte dir etwas zeigen."

Reinhold machte den Fernseher an und legte eine Videokassette ein. Der Film zeigte ein Paar beim Sex, dann kam noch ein Mann dazu, der sich die Szene zuerst ansah, dann aktiv ins Geschehen eingriff.

Bea hatte noch nie zuvor einen Pornofilm gesehen. Es schockierte sie nicht, was sie da sah, sie fand das schlicht langweilig. Geschlechtsteile in Großaufnahme, wie in einem Aufklärungsfilm, ohne jede Zärtlichkeit und irgendwie unsinnlich.

„Warum soll ich mir das anschauen?"

„Ich möchte sehen, ob dich das erregt."

„Es erregt mich nicht."

„Warum nicht?"

„Weiß nicht. Für mich hat es einfach keinen Reiz, Leuten dabei zuzusehen, zumal Leuten ohne Köpfe."

„Da geht es mir ganz anders."

Bea fühlte sich unbehaglich. Sie wollte sich das nicht anschauen. Sie wollte auch nicht dabei beobachtet werden, sie kam sich vor wie ein Versuchskaninchen, an dem etwas ausprobiert wurde.

„Ich gehe jetzt schlafen."

Reinhold hielt ihre Hand fest.

„Nein, du kannst mich doch jetzt nicht allein lassen."

Er zog sie auf seinen Schoß und streichelte sie, zog ihr das T-Shirt über den Kopf. Bea hatte einen Widerwillen in sich.

„Nein, ich möchte nicht."

„Wenn du nicht willst, bitte. Aber du kümmerst dich ein bisschen um mich, ja?"

Er zog seine Hose aus und drückte Beas Gesicht in seinen Schoß. Ihre Handgelenke hielt er weiter fest umschlossen. Bea fühlte Ekel in sich hochsteigen, aber sie konnte nicht mehr zurück. Reinhold hatte sie fest im Griff.

Als es vorbei war, ließ sie ihn sitzen, rannte ins Bad und

spuckte aus. Tränen rannen ihr aus den Augen. Es war so widerlich, dass sie würgen musste. Nie zuvor hatte sie sich so gedemütigt gefühlt. Er hatte sie gezwungen, etwas zu tun, was sie nicht wollte. Sie spülte sich den Mund aus und ging schnell in ihr Zimmer, froh über den Schlüssel in der Tür. Sie schloss ab und legte sich ins Bett, die Knie dicht an den Körper gezogen.

Am nächsten Morgen erwachte sie durch die Sonne, die hell in ihr Fenster schien. Sie hatte lange geschlafen. Sofort fiel ihr die Szene vom letzten Abend ein, und mit Herzklopfen setzte sie sich im Bett auf. Was würde er sagen? Wie würde er sie behandeln, nachdem sie fluchtartig von ihm weggelaufen war? Sobald sie daran dachte, war der Ekel wieder da. Sie musste ihm sagen, dass sie das nie wieder erleben wollte.

Befangen ging sie die Treppe zum Wohnzimmer runter. Er war nicht da, weder im Wohnzimmer noch in seinem Arbeitszimmer. Der Jaguar stand nicht vor der Tür. Vielleicht war er etwas einkaufen gefahren? Unwahrscheinlich, das machte sicher die Haushälterin, von der er gesprochen hatte. Er würde sie doch hier nicht allein im Haus lassen. In der Küche in einem Schrank fand Bea eine Tüte mit Keksen und Kaffeepulver war auch da. Sie machte sich in der Espressokanne Kaffee und aß die Kekse dazu. Im Moment konnte sie nichts anderes tun als warten. Bea fühlte sich wie ein Tier im Käfig, in einem goldenen Käfig. Das Wetter war wenigstens strahlend schön. Sie ging hinaus in den Garten und setzte sich an den Swimmingpool.

„Buon giorno!“

Eine Frauenstimme ertönte von der Terrasse herunter. Bea blickte auf. Eine Frau mittleren Alters in Kittel und Gummihandschuhen winkte ihr zu.

„Buon giorno“, erwiderte Bea. Jetzt kamen ihr ihre Italienischkenntnisse wieder zugute.

„Ich bin Lucia, die Haushälterin bei Signor Raabe. Ich werde ein wenig sauber machen und habe etwas für ihn eingekauft.“

Bea stand auf und ging auf sie zu, um sie zu begrüßen. Als Lucia sie von nahem sah, murmelte sie fast ein wenig mitleidvoll: „So jung!“

„Wissen Sie, wo Herr Raabe ist?“, fragte Bea.

„Nein, er hat mich nur angerufen, dass ich heute zum Putzen kommen und einkaufen soll.“

„Er ist weggefahren, aber das ist ja egal. Ich bleibe im Garten sitzen, wenn es Sie nicht stört.“

„Nein, natürlich nicht. Wenn ich etwas für Sie tun kann, sagen Sie es mir.“

Lucia bedachte Bea mit einem herzlichen Lächeln und machte sich dann an die Arbeit. Sie schien irgendetwas zu wissen. Wahrscheinlich brachte Reinhold öfter Frauen mit ins Haus, und Lucia fand sie am Morgen vor, wenn er sich aus dem Staub gemacht hatte. Bea versuchte, sich zu beruhigen. Keine Panik, sie wollte erst mal abwarten. Vielleicht war das gestern ein Ausrutscher und würde nicht mehr vorkommen.

Am späten Nachmittag kam Reinhold zurück. Er war in Mailand gewesen zu einer Besprechung mit irgendeiner

Fernsehfirma. Kein Wort wegen des letzten Abends. Überhaupt zog er sich gleich in sein Arbeitszimmer zurück und blieb dort bis Mitternacht. Sie könne sich etwas zu essen machen, er habe bereits in Mailand gegessen. Sich selbst überlassen las Bea auf der Terrasse, bis es dunkel wurde und sah sich dann einen Film im Fernsehen an.

Die nächsten Tage liefen nach diesem Schema ab. Bea richtete sich darauf ein, dass er sie in Ruhe ließ, aber ein Gefühl des Unbehagens blieb. Sie unternahm ein paar Mal etwas, ging ins Dorf hinunter oder an den See zum Schwimmen.

In der Woche darauf war Reinhold häufiger in Mailand. Er hoffte, den Auftrag für das Konzept eines Werbespots zu bekommen. Eines Morgens kündigte er an, sie würden am Abend zu einem Empfang nach Mailand fahren, auf Einladung eines Fernsehproduzenten. Er wollte Bea unbedingt dabeihaben.

„Wir gehen in Mailand vorher noch einkaufen, irgendwas Hübsches für dich. Jeans und Hemd geht da nicht."

Und so schlenderten sie am Nachmittag durch die Arkaden von Mailand, Reinhold strebtè in Richtung Via Montenapoleone, wo die teuren Designergeschäfte angesiedelt waren.

„Versuchen wir's mal bei Armani, elegant und schlicht."

Das Schaufenster zeigte zwei Modelle, cremefarbene Abendkleider mit Perlenbesatz. Darin würde sie aussehen wie verkleidet, dachte Bea.

Ein Verkäufer, der Eros Ramazotti täuschend ähnlich sah, kam auf sie zu.

„Kann ich Ihnen helfen?"

Reinhold erklärte, was sie suchten. Der Verkäufer riet angesichts von Beas blonden Haaren zu schwarz. Er holte zwei Modelle hervor und hängte sie an einen Ständer, ein langes, schwarzes Kleid mit tiefem Dekolletee und ein kurzes, dessen Rückenteil und Ärmel aus einem durchsichtigen Netzstoff bestanden.

„Zieh das mal an!“

Reinhold deutete auf das kurze. Bea zog sich in die Umkleidekabine zurück und streifte das Kleid über. Der Stoff fühlte sich herrlich an auf der Haut, seidig und trotzdem fest. Vom Brustansatz über die Arme und den ganzen Rücken zog sich der Netzstoff. Sie trat aus der Kabine und sah gleich an der Reaktion der beiden Männer, dass sie in dem Kleid umwerfend aussah.

„Ich bin beeindruckt!“, rief Reinhold.

„Bellissima, Signorina“, stimmte der Verkäufer ein.

„Das nehmen wir. Haben Sie noch Schuhe dazu?“

Hatten sie. Bea schlüpfte in ein Paar schwarze Pumps, bekam noch eine schimmernde Strumpfhose und war zu Reinholds Zufriedenheit für den Abend ausgestattet.

„Nein“, sagte er noch, „die Haare müssen wir hochstecken. Damit der Rücken noch besser zur Geltung kommt.“

In dieser Aufmachung verließ Bea das Geschäft und ließ sich von Reinhold zu dem Empfang führen.

„Es ist wichtig, dass du Eindruck auf sie machst. Ich brauche den Werbeauftrag. Da ist eine Menge Geld im Spiel.“

Reinhold hatte in ihre Garderobe investiert wie bei einem Pferderennen. Er wollte gewinnen.

In einer geschmackvoll ausgebauten ehemaligen Fabrikhalle standen schon etliche gut angezogene Leute herum und tranken Champagner. Ein grauhaariger Mittfünfziger stürzte auf Reinhold zu, als sie die Halle betraten.

„Ciao amico, wie geht's?"

„Gut. Carlo, darf ich dir meine Begleiterin vorstellen, Bea. Das ist der Fernsehproduzent Carlo Rossi."

Bea lächelte freundlich.

„Welch eine Freude, Sie kennen zu lernen, Signorina."

Er verschlang Bea fast mit den Augen und murmelte immer wieder „bellissima".

„Ist Franceso schon da?", wandte sich Reinhold an Carlo und zog dessen Aufmerksamkeit von Bea ab.

„Der muss hier irgendwo rumlaufen. Ich suche ihn, warte."

Carlo kam zurück mit einem kleinen, dicken Mann, der in der einen Hand ein Glas Champagner und in der anderen einen überladenen Teller mit Essen hielt. Von dem Teller stopfte er sich immer wieder unter großer Mühe, den Champagner nicht zu verschütten, Häppchen in den Mund. Er hatte etwas Schmieriges, fand Bea, vielleicht lag das auch an den spärlichen, mit Gel zurückgehaltenen Haaren.

Reinhold bot all seine Freundlichkeit auf, um ihn zu begrüßen.

„Francesco, ich freue mich, dich zu sehen."

Dann stellte er ihm Bea vor. Francesco maß sie von oben bis unten mit den Augen ab, als wolle er sie kaufen. Dann hielt er seinen Teller Carlo hin, bis der ihn nahm, ergriff mit seiner fettigen Hand Beas Finger und führte sie zu seinem Mund. Bea befürchtete, er würde sie sich ebenso einverleiben wie das, was auf seinem Teller lag. Sie zog ihre Hand behutsam zurück.

„Signorina, Sie sind die Sonne auf diesem elenden Empfang. Sehen Sie sich um, lauter gelangweilte Gesichter. Sie strahlen, Signorina."

Francesco erging sich in Komplimenten, deren Originalität und Witz Bea lächeln ließen. So unangenehm er aussah, er schien doch ein interessantes Innenleben zu haben.

Reinhold nahm Francesco beim Arm und führte ihn weg von den anderen. Er widmete sich der Aufgabe, deretwegen er hierher gekommen war. Sie diente nur als Lockvogel, sie sollte den Firmenchef anheizen, damit Reinhold den Auftrag bekam. Irgendwie ein mieses Spiel, fand Bea. Auf der anderen Seite, wenn der so blöd war, sich darauf einzulassen, hatte er es nicht anders verdient. Und natürlich gönnte sie Reinhold den Auftrag. Von seinen Romanen, das hatte sie verstanden, konnte er sich seinen aufwändigen Lebensstandard nicht leisten.

Carlo kümmerte sich einstweilen um sie, stellte sie einigen Leuten vor, deren Namen sie sofort wieder vergaß und brachte ihr zu essen und zu trinken. Dann erschien Reinhold wieder und drängte zum Aufbruch.

Im Auto war er wortkarg.

„Hattest du Erfolg?"

„Sieht so aus. Nächste Woche kommt er zum Essen zu uns."

Francesco kam, mit einem großen Strauß gelber Rosen für Bea. Lucia hatte ein Essen vorbereitet, und danach saßen sie auf der Terrasse in der samtenen Dunkelheit.

Reinhold goss Wein nach und stellte Musik an.

„Oh, ich habe gerade gesehen, dass ich keine Zigaretten mehr habe. Ich fahre schnell ins Dorf und hole welche. Bin sofort zurück."

Dann war er weg.

Francesco wandte sofort all seine Aufmerksamkeit Bea zu.

„Welche Gunst der Stunde, Sie für mich allein zu haben."

„Francesco, Sie sind sehr freundlich."

Bea wusste nicht recht, was sie sagen sollte. Francesco stand auf und nahm ihre Hand.

„Kommen Sie, tanzen wir ein wenig. So eine romantische Nacht."

„Nein, ich möchte nicht tanzen."

„Kommen Sie, kommen Sie!"

Er zog Bea aus dem Sessel. Sie sträubte sich, wollte ihn aber nicht verärgern und machte ein paar Schritte. Schon schlang er seine Arme enger um sie, er war kaum größer als sie, umklammerte sie aber mit aller Kraft.

„Francesco, bitte hören Sie auf!"

Aber Francesco war in Fahrt. So viel Energie hätte man dem kleinen, dicken Mann gar nicht zugetraut. Seine Hände tasteten an ihrem Körper entlang. Er versuchte, sie zu küssen, aber sie drehte den Kopf zur Seite, und sein feuchter Mund landete auf ihrer Wange.

„Francesco, jetzt reicht es!"

Bea wurde wütend. Wo blieb Reinhold? Er ließ sie hier in dieser unmöglichen Situation allein. Oder – ihr kam ein furchtbarer Gedanke – war das kein Zufall? Hatte Reinhold das eigens arrangiert?

Francesco stellte ihr ein Bein, sie stolperte und fiel hin. Er ließ sich ebenfalls zu Boden fallen und lag auf ihr. Sein Gewicht erdrückte sie fast. Er riss an ihrer Bluse herum, bis sie aufging und er mit seinen fetten Fingern an ihre Haut kam. Bea schrie.

„Aufhören, Hilfe! Ich will das nicht!"

„Du kleine Wilde, das hab ich gern", murmelte Francesco.

Bea nahm all ihren Mut zusammen, und in einem günstigen Moment stieß sie ihm das Knie zwischen die Beine. Francesco jaulte auf. Sie rollte ihn zur Seite, sprang auf und lief ins Wohnzimmer. Wo sollte sie hin? Er würde sich bestimmt bald erholen. Im Haus konnte sie nicht bleiben. Voller Panik rannte sie zur Haustür, riss sie auf. Nur weg. Richtung Dorf. Nicht umsehen. Aber Francesco konnte ja gar nicht hinter ihr herlaufen, bei seiner Konstitution. Der Gedanke beruhigte sie. Aber er konnte mit dem Auto fahren. Wieder überkam sie die Panik. Sie rannte. Ein Auto kam ihr entgegen. Der schwarze Jaguar. Reinhold hielt an.

„Was machst du hier? Was ist los?"

„Das weißt du doch genau. Du hast mich allein gelassen", keuchte Bea.

„Hast du etwa Francesco brüskiert?"

„Brüskiert? Der wollte mich vergewaltigen."

Sie begann zu schluchzen.

„Verdammt!"

Reinhold ließ sie stehen und fuhr weiter.

„Du Schwein", murmelte sie, „du elendes Schwein. Das hast du einkalkuliert, dass ich für deinen Auftrag mit ihm ins Bett gehe."

Tränen liefen über ihre Wangen. Sie rannte weiter, bis sie die Lichter des Dorfes erreichte.

Das war nun der berühmte Romanschriftsteller, von allen bewundert und begehrt. Ein Miststück, eiskalt hatte er sie verkauft. Wahrscheinlich schrieb er dann auch noch darüber, verwendete sie in seinem nächsten Roman. Eine Vorlage war sie für ihn, nichts weiter als eine Schreibvorlage – und eine Hure. Wo sollte sie jetzt eigentlich hin? Sie hatte nichts als ihre Kleider am Leib, die Bluse war auch noch zerrissen, keine Tasche, kein Geld. Sie würde erst mal in die Bar gehen, da war sie schon öfter gewesen, die kannten sie.

„Signorina, hallo, Signorina!"

Eine Frauenstimme. Bea drehte sich um. Lucia rief hinter ihr her. Sie blieb stehen, atemlos.

„Was ist denn passiert, dass Sie so schnell laufen, als sei der Teufel hinter ihnen her?"

Bea wollte sich zusammennehmen, musste nun aber weinen, als Lucia sie in die Arme nahm.

„Armes Mädchen", flüsterte sie und streichelte ihr über das Haar.

„Ich kann jetzt nicht darüber reden", sagte Bea und fing sich wieder. „Ich weiß nicht, wo ich hin soll."

„Du kommst mit zu uns heute Nacht, und morgen sehen wir weiter."

Ein Engel, dachte Bea, irgendjemand hatte ihr einen Engel geschickt, und ließ sich von Lucia in ihr Haus bringen. Lucias Familie fragte nicht viel, sie bekam das Sofa zum Schlafen und fühlte sich nach langer Zeit wieder sicher und geborgen. Sie wollte nach Hause. Es war ein Fehler gewesen, mit

Reinhold hierher zu fahren. Aber das hatte sie sich selbst zuzuschreiben. Erschöpft sank sie in einen tiefen Schlaf.

Am nächsten Morgen wurde sie von Lucia mit einem Milchkaffee geweckt.

„Ich schlage vor, wir gehen zusammen zu Signor Raabe und holen deine Sachen. Und dann bringe ich dich zum Bahnhof, dass du nach Hause fahren kannst. Wo wohnst du?"

„In Hamburg."

„Oh, das ist weit."

„Ich würde gern meine Mutter anrufen."

„Natürlich, du kannst von hier telefonieren."

Bea hatte Corinna gleich am Telefon.

„Ich möchte nach Hause kommen. Es war so schrecklich."

„Du musste jetzt nichts erklären. Nimm den nächsten Zug. Hast du genug Geld?"

„Ich glaube nicht."

„Kann dir jemand etwas leihen?"

„Ich frage Lucia."

„Gut. Sag dieser Lucia, dass wir ihr das Geld überweisen, und sag ihr vielen Dank."

„Ist gut, Corinna. Sie hat gesagt, sie bringt mich zum Bahnhof. Tschüss."

„Bis bald."

Lucia fuhr mit ihr zu Reinholds Villa. Beas Herz klopfte immer stärker, je näher sie dem Haus kamen. Der Jaguar stand nicht davor, Reinhold schien nicht da zu sein. Auf der

Terrasse sah man das ganze Chaos der vergangenen Nacht, zerbrochene Gläser, umgefallene Flaschen. Bea suchte ihre Sachen zusammen, stopfte alles in ihre Tasche, und Lucia brachte sie nach Locarno zum Bahnhof. Sie kaufte ihr eine Fahrkarte nach Hamburg.

„Lucia, du bekommst das Geld zurück."

„Ich weiß. Komm gut nach Hause."

„Danke, Lucia, für alles."

Bea winkte, als der Zug sich in Bewegung setzte. Lucia winkte zurück.

10

Corinna fragte nichts, sie schloss Bea nur in die Arme.

„Gut, dass du wieder da bist. Sag mir, wenn du darüber reden willst.“

Vorerst wollte Bea nicht reden. Sie war einfach froh, wieder in einer sicheren Umgebung zu sein. In den letzten Wochen hatte sie in einer ständigen Anspannung gelebt. Jetzt brauchte sie erst einmal Zeit, das Erlebte zu verarbeiten. Was hatte sie so sehr an Reinhold fasziniert, dass er diese Macht über sie hatte? Nein, gebrochen hatte er sie nicht, aber sie hatte Dinge getan, die sie eigentlich nicht tun wollte. Warum? Wie hatte sie dieser Mensch dazu gebracht? Er hatte sie zutiefst gedemütigt. Und dieser Ekel, den sie empfunden hatte!

Bea begann, sich die Erlebnisse von der Seele zu schreiben, und merkte, dass ihr das Schreiben gut tat. Sie bekam ein wenig mehr Klarheit über ihre Gefühle. Und dann konnte sie auch mit Corinna darüber reden und ihr alles erzählen, was in Reinholds Villa passiert war. Corinna weinte.

„Es tut mir so Leid, dass du das erleben musstest. Gleich beim ersten Mal gerätst du an so einen! Ich gebe zu, ich habe ihn auch anders eingeschätzt. Es ist wohl ein Fehler zu meinen, jemand, der Bücher schreibt, sei ein halbwegs anständiger Mensch. Ich wünsche dir so sehr, dass du bald bessere Erfahrungen machst."

Von diesem Wunsch war Bea weit entfernt. Sie wollte vorerst mit diesen Gefühlsdingen, wie sie es nannte, nichts zu tun haben. Sie wollte nur ihre Ruhe.

Bis das Studium begann, hatte sie noch zwei Monate Zeit. Untätig rumsitzen wollte Bea nicht. Als sie im Gespräch mit ihren Großeltern erwähnte, sie suche einen Job, hatte ihr der Großvater sofort etwas in seiner Bank vermittelt, zum Reinschnuppern, wie er sagte.

Bea nahm das Angebot an und verließ das Haus nun jeden Tag früh am Morgen, die Haare zu einem Knoten gebunden und bekleidet mit einem eleganten Leinenkostüm, ein ungewohnter Anblick. Die Bank lag in der Innenstadt, und Roman Hansen hatte das Personal angewiesen, seine Enkelin in alle Bereiche einzuführen, damit sie einen Überblick bekam, wie das in einer Bank funktionierte.

Die Angestellten behandelten sie nett und zuvorkommend. Viele von ihnen arbeiteten schon jahrzehntelang für ihren Großvater. Obwohl die Anrede „Frau" längst üblich war, nannten die älteren Angestellten sie „Fräulein Hansen", und Bea war ihnen nicht böse. Es zeugte von Respekt, und den konnte sie gerade jetzt gut gebrauchen. Die Arbeit war spannend und lenkte sie von ihren seelischen Verletzungen ab. Nach den zwei Monaten hatte sie einen Einblick in die Bankgeschäfte gewonnen, wusste aber auch sehr genau, dass das nicht ihre Welt war.

„Wie hat es dir denn nun gefallen?"

Bea saß mit ihren Großeltern in Blankenese am gedeckten Kaffeetisch. Der Großvater wollte genau wissen, was sie in der Bank gelernt hatte.

„Für zwei Monate hat es mir gut gefallen. Ich habe einen Einblick bekommen in alle Gebiete, und deine Angestellten sind wirklich nett."

„Könntest du dir nicht vorstellen, das zu deinem Beruf zu machen?"

Man merkte Roman Hansen an, wie schwer es ihm fiel, diese Frage zu stellen. Eine Frage, die sein Sohn vor langer Zeit mit Nein beantwortet hatte, was bei ihm eine nie heilende Wunde hinterlassen hatte. Wieder schöpfte er Hoffnung, dass einer aus der Familie die Bank weiterführen würde, diesmal seine Enkelin. Und auch Bea musste ihm schweren Herzens eine Absage erteilen.

„Großvater, ich weiß, wie weh dir das tun muss, aber ich muss dich enttäuschen. So eine Arbeit in der Bank ist nichts für mich. Es war schön, das alles gesehen zu haben, aber auf Dauer kann ich mir das nicht vorstellen."

„Du müsstest natürlich viel tiefer einsteigen. Am besten wäre es, du würdest ein Jurastudium absolvieren und dann noch eine richtige Banklehre machen."

Bea schluckte, weil sie merkte, wie nah dieses Thema dem Großvater ging.

„Es tut mir Leid, über ein Jurastudium habe ich schon

nachgedacht. Aber das möchte ich nicht. Ich würde das nicht durchhalten, dieses trockene Paragraphenlernen. Ich will mit Menschen zu tun haben und mit ihren Problemen, ich möchte konkret helfen. Zahlen und Gesetze – das ist mir zu abstrakt."

„Kind, weißt du, was du da ausschlägst? Ich würde dir alles vererben, die Bank, das Haus, alles würde dir gehören."

Bea gab ihrem Großvater einen Kuss auf die Wange.

„Ich weiß es zu schätzen und ich bin dir sehr dankbar, aber ich kann es nicht."

Charlotte Hansen sah ihren Mann besorgt an. Es traf ihn nicht so sehr wie beim ersten Mal mit seinem Sohn, aber es war eine Wiederholung, und es schmerzte ihn. Er versuchte mühsam, die Tränen zurückzuhalten. Aber auch Bea, das sah Charlotte, war berührt. Der Konflikt, in dem sie sich befand, spiegelte sich geradezu auf ihrem Gesicht wieder.

„So", sagte Charlotte pragmatisch, „jetzt ist es ausgesprochen. Wir respektieren deine Entscheidung, Bea. Es ist nicht zu ändern, und deshalb wenden wir uns jetzt erfreulichen Dingen zu und vergessen dieses Thema. Wie gefällt dir eigentlich unser Ben? Du hast ihn noch gar nicht richtig wahrgenommen."

Ben war der junge Labrador, den sich die Großeltern nach Oles Tod angeschafft hatten, nachdem sie erst gezögert hatten. Bea sah auf das zusammengerollte Tier unter dem Tisch.

„Er ist nicht so lebhaft wie Ole."

„Ja, jeder Hund ist anders. Aber er kennt dich auch noch nicht. Wenn du öfter kommen würdest, würde er dich anders begrüßen."

Die Botschaft kam an. Es stimmte ja auch, sie besuchte die Großeltern viel zu wenig.

„Ich komme jetzt wieder öfter, Großmutter."

Den guten Vorsatz konnte Bea allerdings nicht umsetzen, als das Studium begonnen hatte. Einführungsveranstaltungen, Seminare, Informationstreffen für Erstsemester, neue Gesichter, gemeinsames Kaffeetrinken und am Abend Feten. Bea stürzte sich mit Feuereifer in die neue Aufgabe. Sie schloss sich auch gleich der Arbeitsgruppe für die Fachbereichszeitung an und bekam die Aufgabe, ein Interview mit einem Streetworker am Hauptbahnhof zu machen. Mit einem kleinen Aufnahmegerät in der Tasche machte sie sich am Abend auf den Weg zu seinem Arbeitsplatz. Er hieß Horst, und sie traf ihn am Eingang zum Hauptbahnhof.

„Hi, ich bin Bea und wollte dir für unsere Zeitung ein paar Fragen stellen."

„Nur zu!"

„Die Probleme hier um den Hauptbahnhof kennt ja jeder, der Zeitung liest. Aber versuch doch bitte mal, unseren Lesern die Zusammenhänge zu schildern."

„Die Probleme bedingen natürlich einander. Einmal haben wir es mit Drogen zu tun, es wird gedealt und gefixt, und, wie überall, im Schlepptau davon, mit Anschaffungskriminalität, das heißt Prostitution, sowohl von Frauen als auch Männern, und Delikten wie Diebstahl, Körperverletzung und so weiter. St. Georg, das Viertel um den Bahnhof herum, ist Rotlichtbezirk, da hast du wirklich alles."

„Und was machst du hauptsächlich?"

„Ich kümmere mich im engeren Sinne um die Drogenabhängigen. Versuche sie dazu zu kriegen, dass sie in die Fixerstube gehen, dass sie saubere Spritzen benutzen und nicht total abrutschen. Da spielt natürlich auch die Prostitution rein, die meisten Jungs und Mädchen gehen auf den Strich, aber das ist nicht eigentlich meine Aufgabe."

„Siehst du denn auch Erfolge?"

Horst lachte etwas bitter.

„Die sind sehr dünn gesät. Große Ansprüche darfst du nicht haben. Es ist schon ein Erfolg, wenn du jemanden mal in die Fixerstube kriegst. Längerfristig darf man sich keine Illusionen machen. Die allermeisten, die an der Nadel hängen, bleiben da auch."

„Und warum machst du das dann?"

„Tja, warum? Warum studierst du Sozialpädagogik? Weil man wenigstens ein kleines bisschen was tun will. Das Wenige, was einem überhaupt zu tun bleibt."

„Danke Horst, das war zwar leider ziemlich desillusionierend, aber vielen Dank für deine Offenheit."

Bea steckte das Aufnahmegerät wieder ein. Sie wollte mehr wissen als nur die paar Informationen, die sie für die Fachzeitschrift brauchte. Sie wollte die Gelegenheit nutzen, einen Streetworker mit viel Erfahrung und wenig Illusionen zu befragen.

„Darf ich dich zu einem Kaffee einladen oder sonst etwas?"

Jetzt erst schien Horst sie richtig anzusehen.

„Ja, zu einem Tee, warum nicht."

Sie gingen in ein Stehcafé und Bea besorgte einen Tee für Horst und eine Cola für sich.

„Wie lange machst du das schon? Wie wird man damit fertig?“

„Streetworker bin ich schon seit fünfzehn Jahren. Zuerst war ich in Altona, da haben wir es mit einer jüngeren Klientel zu tun, richtige Kids zum Teil, die schnell abrutschen, wenn sie mal angefangen haben. Wir haben auch versucht, das Dealen auf Schulhöfen einzudämmen, aber das ist wie gegen Windmühlen kämpfen, kann ich dir sagen. Hier am Hauptbahnhof arbeite ich jetzt seit sieben Jahren, den kenne ich wie meine Westentasche.“

„Ich fange gerade an zu studieren, erstes Semester, und möchte so viel wie möglich von der Praxis mitkriegen. Deshalb mache ich auch bei der Zeitung mit. Da kann man mit Leuten sprechen, die im Beruf sind und die wirklichen Probleme kennen.“

Horst lächelte ein wenig über Beas Eifer, was sie sofort bemerkte.

„Du nimmst mich nicht ernst. Denkst, die hat Flausen im Kopf, oder?“

„Nein, nein, ich finde die Begeisterung gut. Die Enttäuschung kommt früh genug. Genieße das Studium und den Freiraum, den du noch hast. Danke für den Tee.“

Horst hielt beim Weggehen eine Hand hoch, drehte sich aber nicht noch mal um. Insgesamt fand ihn Bea doch ziemlich resigniert. Sie hoffte, nie so zu werden.

Nach drei Semestern Theorie folgte ein Praktikum, das die Studenten in einer Institution ihrer Wahl durchführen konnten. Bea entschied sich für ein Heim für straffällige Jugendliche. Gleich der erste Tag ließ sie an dieser Entscheidung zweifeln.

Kaum hatte Bea den Hof betreten, auf dem einige Jungs Fußball spielten, klatschte der Ball hart gegen ihren Kopf.

„Au!“, schrie sie.

Stimmen redeten durcheinander.

„Schon wieder ’ne neue Aufsichtstusse!“

„War ein Versehen, ey!“

„Damit nur gleich klar ist, wie’s hier läuft!“

„Glotz nicht so, war echt ’n Versehen!“

Bea blieb stehen und sah die Jungs an, sagte aber nichts. Vierzehn- bis Sechzehnjährige, die älter aussahen, als sie waren. Harte Augen und ein hartes Gesicht. Was die schon alles erlebt hatten, dachte Bea. Dazu reichte wahrscheinlich nicht einmal ihre Fantasie aus. Bea lächelte sie an, nicht anbiedernd, nur freundlich. Keiner lächelte zurück.

Die Heimleiterin Frau Senft erwartete sie in ihrem Büro, erklärte ihr, was hier auf sie zukäme, und zeigte ihr die Räumlichkeiten. Frau Senft war um die fünfzig, mager und sah aus, als würde sie jeden Tag Karate machen, völlig durchtrainiert. Ob man das hier brauchte? Wenn Bea das Rudel Jungen da draußen betrachtete, konnte man es fast vermuten. Es gab ein Jungen- und ein Mädchenhaus. Tagsüber waren Besuche erlaubt, am Abend mussten die Jungen und die Mädchen jeweils unter sich bleiben. Manche machten eine Ausbildung, andere gingen zur Schule.

„Sie sind mit für das Freizeitprogramm zuständig“, sagte Frau Senft. „Ich stelle Ihnen gleich Helle vor, mit der arbeiten Sie zusammen.“

Eine hoch gewachsene, kräftige Frau mit dunklen Locken ging vorbei mit einem Stapel Zeitungen unter dem Arm.

„Helle, kommen Sie doch mal, hier ist eine neue Praktikantin. Ich wollte sie Ihnen zuteilen."

Die Frau kam zurück und gab Bea die Hand. Wenn sie lächelte, strahlte ihr ganzes Gesicht. Ansteckend, dachte Bea, das ist genau das Richtige für diesen Ort.

„Hallo. Ich bin Helle, eigentlich Helga, aber das ist zu schrecklich. Alle nennen mich Helle. Ich mache hier das Freizeitprogramm."

„Ich heiße Bea, studiere Sozialpädagogik im vierten Semester. Das soll mein Praktikum werden."

„Na, dann tun wir unser Bestes, dass das Praktikum gelingt. Wollen wir du sagen?"

„Ja, gerne."

Frau Senft verabschiedete sich und überließ die zwei ihrer Arbeit.

„Lass dich nicht abschrecken durch den Ton, der hier herrscht, man gewöhnt sich daran. Die allermeisten hier kommen aus ärmlichen Verhältnissen, nie eine Chance gehabt im Leben, rutschen ab und kommen nicht mehr hoch. Aber eine Klappe haben die, gewaltig. Wer hier landet, ist eigentlich am Ende und hat sein Leben noch vor sich."

„Was haben die denn so verbrochen, dass sie straffällig wurden?"

„Kleinere und größere Diebstähle, Hehlereien, Betrug, Schlägereien und auch Körperverletzung."

„Und Drogen?"

„Hier drin müssen sie clean sein, wer spritzt oder dealt,

fliegt hier raus und wandert in den Knast. Die meisten hatten allerdings schon mal was mit Drogen zu tun, zumindest als Dealer."

„Und was machst du mit ihnen?"

„Du musst ihnen immer etwas geben, was sie konkret beschäftigt, eine Aufgabe. Wenn sie sich selbst überlassen sind, flippen sie total aus. Also lasse ich sie handwerklich oder kreativ was machen. Zum Beispiel arbeiten sie mit Ton, da stellen sie selbst irgendwelche Dinge her, mit ihren eigenen Händen. Wir haben auch eine Musikgruppe."

„Wie wäre es denn mit Theater? Ich habe selbst jahrelang Theater gespielt und traue mir zu, eine Gruppe zu leiten."

„Das hatten wir noch nicht. Du kannst es ja mal versuchen und sehen, ob sie drauf anspringen. Stell dir das bloß nicht zu leicht vor, die haben dann ihren eigenen Kopf und scheren sich den Teufel um deine Anweisungen."

„Einen Versuch wäre es wert."

„Klar! Wenn es schief geht, kannst du immer noch mit ihnen Fußball spielen, nein, das war ein Scherz. Aber Sport haben sie gern. Kannst du nicht so was wie Karate oder Judo?"

„Nee, leider. Da muss ich passen. Eure Heimleiterin sieht so aus, als würde sie einen Kampfsport betreiben."

„Gut beobachtet. Die macht tatsächlich Karate. Die Youngster haben deswegen einen Heidenrespekt vor ihr. Jetzt kannst du mir mal helfen, die Zeitungen einzuweichen. Das muss ein richtiger Matsch werden. Daraus sollen sie heute Nachmittag Köpfe formen."

Die Schüler unter den Heiminsassen kamen zum Mittagessen, das in dem großen Esssaal eingenommen wurde. In dem Gejohle und Gekreische verstand man sein eigenes Wort nicht. Wie die nach den Stunden in der Schule noch so munter waren! Bea beobachtete eine Gruppe von Mädchen. Die schienen sich einen von den anderen herauszupicken und über den zu reden und zu lachen. Dann sahen sie ihn wieder länger an, sodass der ganz unsicher wurde. Er wusste, dass sie ihn im Visier hatten. Irgendwann platzte der und brüllte los, schrie die Mädchen an. Die lachten wiederum, als hätten sie damit ihr Ziel erreicht.

Das wird nicht leicht, dachte Bea. Aber ihr gesunder Optimismus ließ sie auch hier nicht im Stich. Versuchen musste man alles.

Nach dem Mittagessen hatten die Jugendlichen Zeit, Schularbeiten zu machen. Dann begann die Gruppenarbeit, an der auch die anderen, die von ihren Lehrstellen kamen, teilnehmen sollten.

„Das ist Bea, eine neue Praktikantin", stellte Helle Bea vor.

Lautes Gejohle und blöde Sprüche.

„Ey, bleibt die auch über Nacht?"

„Bei uns ist noch ein Bett frei!"

„Jetzt haltet mal die Klappe", griff Helle energisch durch. „Bea will mit euch eine Theatergruppe einrichten, Stücke mit euch proben und so. Ich finde das eine gute Idee. Außerdem ist das ganz neu, ihr könnt also alles Mögliche ausprobieren."

„Klar, Romeo und Julia, die Liebesszene", brüllte einer dazwischen. Alle lachten.

„Also, wer hat Lust, da mitzumachen?"
Zögernd gingen vier, fünf Finger nach oben, dann noch drei.
„O.k., acht. Ihr geht jetzt mit Bea nach nebenan. Sport ist draußen, wisst ihr ja, die anderen kommen mit mir."
Die acht Jugendlichen, fünf Mädchen und drei Jungen, folgten Bea ins Nebenzimmer. Sie fingen schon wieder an rumzureden. Die Situation war ihnen nicht geheuer.
„Ey, jetzt machen wir erst mal ein Casting, mit Ausziehen", meinte einer.
„Da kannst du gleich verschwinden, Krüppel, wenn dich einer sieht, läuft er weg."
Bea ignorierte die Sprüche erst mal.
„Ihr habt gehört, ich heiße Bea. Könnt ihr mal eure Namen sagen?"
Zögernd und fast scheu rückten sie mit ihren Namen raus: Nicole, Barbara, Sibylle, Maja, Steffi, Dirk, Denis, Mario.
„Beim Theater fängt man mit kleinen Rollenspielen an. Das heißt, wir stellen uns eine Situation vor, und ihr übernehmt darin eine Rolle. Ihr seid also nicht mehr ihr selbst, sondern eine andere Person und sollt überlegen, wie diese Person in der Situation handeln würde. O.k.? Wer von euch hat eine Idee?"
„Auf dem Klo!"
Wieder lachten alle.
Sie versuchen zu provozieren, dachte Bea, alles ins Lächerliche zu ziehen.
„Gibt es andere Ideen? Denkt mal an unangenehme Situationen! Was fällt euch dazu ein?"

„Schule!“

„Sonst noch was?“

„Nachts allein im Park“, sagte ein Mädchen.

„O.k. Fangen wir damit mal an, jemand hat Angst. Wie drückt sich das aus? Stell dir vor, du gehst nachts durch einen einsamen Park. Mach uns das doch mal vor.“

Das Mädchen zierte sich erst etwas, stand dann aber doch auf und versuchte, sich in die Situation hineinzuversetzen.

„Wie hat sie sich verhalten? Was habt ihr beobachtet an ihrer Haltung?“

„Sie hat sich umgesehen.“

„Sie ist schnell gegangen.“

„Sie hat die Schultern zusammengezogen.“

Allmählich ließen sich die Jugendlichen hineinziehen. Bea merkte, dass sie sie packen und ihnen Konzentration abverlangen konnte. Das aufgesetzte Gehabe, das sie sonst an den Tag legten, fiel ein wenig von ihnen ab. Das würde nicht lange anhalten, klar, aber wenn sie es wenigstens für Momente schaffen würde, war damit schon etwas gewonnen. Dass die Jugendlichen eine Rolle spielen konnten und nicht sie selbst zu sein brauchten, schien sich günstig auszuwirken. Als alle einmal etwas vorgespielt hatten, war es mit der Konzentration vorbei. Sie nahmen wieder Zuflucht zu ihren Sprüchen und ihrem Gehabe.

„Na, wie ist es gelaufen?“, fragte Helle später.

„Für den Anfang, glaube ich, ganz gut. Sie können sich nur nicht lange konzentrieren.“

„Ja, ich weiß. Damit müssen wir leben.“

11

Nach ein paar Wochen hatte sich Bea an die Arbeit im Heim gewöhnt, an den rüden Ton der Jugendlichen und an die manchmal aggressiven Umgangsformen. Sie musste sich von einigen Illusionen verabschieden und die minimalen Erfolge, die zu erzielen waren, schätzen lernen. Immerhin hatte sie es geschafft, dass sie mit der Gruppe ein Theaterstück einstudierte, das Stück eines jungen englischen Autors, das genau die Aggressionen zeigte, die auch diese Jugendlichen in sich hatten. Damit konnten sie sich identifizieren. Und als sie dann sogar Stühle kaputtschlagen und im Spiel so herumschreien sollten, wie sie das sonst auf der Straße taten, waren sie ganz und gar dabei, fast zu sehr. Bea musste immer wieder darauf hinweisen, dass sie ein Theaterstück aufführten. Und immer wieder gab es Gespräche darüber, wie die Personen im Stück sich verhielten und warum.

„Der Junge und das Mädchen ziehen jetzt los, um in die Disco zu gehen. Warum nehmen die einen Knüppel mit?"

„Bisschen Randale machen und Spaß haben."

„Ist das noch Spaß? Immerhin gibt's am Ende einen Toten."

„Das ist ein Unfall."

„Ja, das ist ein Unfall. Aber wäre der auch passiert, wenn sie den Knüppel gar nicht mitgenommen hätten?"

„Man muss sich doch wehren können."

„Gegen wen?"

„Gegen alle, die einen angreifen."

Bea würgte solche Diskussionen nicht ab, sondern ermutigte die Jugendlichen, ihre Meinung zu sagen, auch wenn sich ihr innerlich die Haare sträubten. Aber ihr war es lieber, sie äußerten diese Dinge laut, als dass sie sie dachten und danach handelten. Gegen eine Meinung konnte man eine andere setzen, und von einem Satz war noch keiner erschlagen worden. Gewalt war immer wieder ein brisantes Thema.

Einmal kam Helle zum Zuschauen in die Gruppe.

„Alle Achtung. Wirklich klasse, was du da in kurzer Zeit hingekriegt hast. Hätte ich, ehrlich gesagt, nicht gedacht, dass das funktioniert mit dem Theaterspielen."

„Sie machen ganz gut mit. Das liegt auch an den Stücken von diesen jungen Engländern. Die sind mitreißend, mitten aus dem Leben. Keine trockene Theorie. Die sprechen die Sprache der Kids und beschäftigen sich mit Jugendlichen, die in einem aggressiven Umfeld groß geworden sind."

„Wir sollten planen, wann die Gruppe damit auftreten kann. Das solltet ihr unbedingt den anderen vorführen."

„Ein bisschen Zeit brauchen wir noch, vielleicht so in zwei Wochen."

„O.k., ich rede mal mit Frau Senft. Vielleicht können wir das an einem Abend machen und danach Party."
„In Ordnung. Ich denke, unsere Gruppe ist dabei."
„Sag mal, ich wollte dich schon lange fragen, ob du nicht Lust hast, am Abend mal was trinken zu gehen."
„Doch, gerne."
„Dann schieben wir es nicht lange auf und sagen gleich heute Abend. Wenn du Zeit hast."
„Ja, hab ich."
„Kennst du den ‚Rosengarten'?"
„Nein, nie gehört. Ist das eine Kneipe?"
„Ja, eine Frauenkneipe. Am Pferdemarkt. Weißt du, wo das ist?"
„Ja, das finde ich schon. Hört sich gut an, Rosengarten am Pferdemarkt. Um acht Uhr?"
„O.k., acht Uhr. Bis später dann."

Die Kneipe fand sie sofort. Über dem Eingang prangte eine rote Rose und in Leuchtschrift der Name „Rosengarten". An der Tür war ein Schild angebracht: „Männer haben hier keinen Zutritt". Bea öffnete die Tür und betrat einen großen Raum mit mehreren weißen Stützsäulen, einem schönen alten Holzboden und einigen Sofas aus rotem Plüsch. Überall standen kleine Tische und Stühle, die man nach Belieben zurechtrücken konnte. Der Mittelpunkt war die große Theke, an der einige Frauen auf Hockern saßen. Die Musik, irgendwelche ruhigen Jazz-Klänge, war nicht aufdringlich.
Bea sah sich um und ging in Richtung Theke.

„Hi, bist du neu hier?"

Die Frau hinter der Theke sprach sie an.

„Ja, ich bin hier mit einer Arbeitskollegin verabredet, Helle."

„Ach, Helle, die ist noch nicht da. Weißt du, wir kennen uns hier fast alle, die meisten sind Stammkundinnen. Da fällt ein neues Gesicht sofort auf. Ich bin Lena."

„Ich heiße Bea."

„Willst du etwas trinken?"

„Am liebsten einen Pfefferminztee, wenn ihr so etwas habt."

„Na klar, kommt sofort."

Die Frauen auf den Sofas oder an den Tischen waren ins Gespräch vertieft, es gab auch einzelne, die in einem Buch lasen oder ein Blatt Papier vor sich hatten und etwas notierten. Bea überlegte, was anders war im Vergleich zu einer gemischten Kneipe. Keine setzte sich in Szene, um jemandem zu gefallen. Das erzeugte eine entspannte Atmosphäre. Und man wurde nicht dumm angesprochen, wie Männer das häufig taten, wenn sie eindeutige Absichten hatte. Hier konnte man – in diesem Fall war es wohl doch angebrachter, von „frau" zu sprechen, dachte Bea lächelnd – sich durchaus wohl fühlen.

„Hallo, du bist ja schon da!"

Helle stand auf einmal vor ihr.

„Hast du gerade an was Lustiges gedacht? Du hattest so ein Lächeln um die Lippen."

„Ertappt. Ich habe gerade überlegt, dass das Wort ‚man' hier eigentlich unangebracht ist."

„Das kannst du laut sagen. Wie gefällt es dir hier?"
„Gut gefällt es mir, sehr gut."
Helle sah Bea eindringlich an.
„Ist meine Stammkneipe. Wir stellen ziemlich viel auf die Beine, es gibt einen Filmclub, eine Zeitungsgruppe, auch eine Theatergruppe, das interessiert dich vielleicht. Ich stelle dir im Lauf der Zeit die anderen Frauen vor."
Lena brachte Bea den Pfefferminztee.
„Hi, Helle! Willst du auch was trinken?"
„Ja, mach mir bitte mal einen Milchkaffee mit viel Milch!"
„Wenn du willst, auch mit Honig", lachte Lena, „passt aber vielleicht nicht so zum Kaffee."
„Milch mit Honig wäre auch nicht schlecht, aber ich brauche jetzt einen Kaffee, nach dem Tag, den ich hinter mir habe."
Helle wandte sich an Bea.
„Heute war's im Heim besonders schlimm. Als du schon weg warst, ist Dirk ausgerastet, hat getobt, sodass wir ihn kaum zur Ruhe gekriegt haben. Seine Mutter hat ihm erzählt, dass sein Vater im Knast sitzt und nicht, wie er dachte, als LKW-Fahrer durch die Lande kutschiert. Wir haben die gesamte Ladung an Aggression abgekriegt."
„Irgendwie tun mir die Kids Leid. Die sind schon am Boden und kriegen immer noch eins drauf. Wie sollen die das verkraften? Ist doch klar, dass sie aggressiv werden."
„Ja, nur Mitleid nützt überhaupt nichts. Du musst ihnen zeigen, dass sie sich nur selbst da rausholen können und dazu dürfen sie nicht anderen die Schuld für ihr Unglück geben und müssen manchmal auch hart zu sich selbst sein. Wenn sie das kapieren, haben sie eine Chance."

„Du machst diese Arbeit doch schon länger. Wie kriegst du das eigentlich für dich auf die Reihe? Das heißt, was machst du, damit dich das nicht selbst aggressiv oder depressiv macht?"

„Erst mal ist die Einstellung wichtig. Du verlierst die Illusionen und siehst, was machbar ist. Und daran hältst du dich. Hört sich jetzt so abgeklärt an, ist aber ein Prozess, bei dem man zu diesem Ergebnis kommt. Und dann ist das Privatleben ganz wichtig als Ausgleich zur Arbeit. Nicht, dass da alles Friede, Freude, Eierkuchen wäre, aber dass man das Gefühl hat, es stimmt."

„Bei mir stimmt leider gar nichts privat", seufzte Bea.

„Ärger gehabt?"

„Ärger ist gar kein Ausdruck. Ich habe etwas hinter mir, was ich niemandem wünsche. Hatte mich total verrannt in eine Sache, besser in jemanden, und der hat mich benutzt und ziemlich schlecht behandelt. Seitdem habe ich auf so etwas überhaupt keine Lust."

„Wart' s ab, das kommt wieder. Wenn genug Zeit vergangen ist und du den Richtigen kennen lernst, dann willst du auch wieder. War bei mir auch so – bis die Richtige kam."

„Du bist mit einer Frau zusammen?"

„Ja. Ich wusste nicht genau, wie du reagieren würdest. Deshalb dachte ich, wir treffen uns hier mal im Rosengarten, so zum Eingewöhnen, und dann erzähle ich es dir."

„Da brauche ich nichts zum Eingewöhnen. Mir ist es völlig egal, ob jemand mit einem Mann oder einer Frau zusammen ist. Ich habe einen schwulen Freund, der ist im Moment leider in den USA."

„Ich hatte gehofft, dass du es so siehst. Dass ich jetzt lesbisch bin, ist auch nicht vom Himmel gefallen. Ich habe durchaus meine Erfahrungen mit dem anderen Geschlecht. Aber die waren so, dass ich sie nicht fortsetzen wollte. Mit Männern kann ich einfach nichts anfangen, in keiner Hinsicht. Hat eine Weile gedauert, ehe ich das gemerkt habe. Seitdem bin ich glücklicher."

„Vielleicht sind nicht alle Männer so."

„Willst du bis an dein Lebensende Frösche küssen und immer nur hoffen, dass ein Prinz dabei ist?"

Helle lachte laut los.

„Wo Frösche doch kühl und glitschig sind."

„Es gibt sogar giftige Frösche. Da würde ein Kuss den Tod bedeuten."

Jetzt lachten sie beide.

„Ich weiß nicht", sagte Bea, „ich warte erst mal ab."

„Ach, da kommt ja Cordula!"

Eine kleine Frau mit kurzen roten Haaren und einer auffälligen Brille kam auf Helle zu. Sie umarmten sich und küssten sich auf den Mund. Die Frau hatte ein hübsches Gesicht, den hellen Teint der Rothaarigen und Sommersprossen. Die Stupsnase gab ihr bei aller Strenge etwas Lustiges. Helle bezog Bea in die Begrüßung mit ein.

„Das ist meine Arbeitskollegin Bea, vorübergehende Kollegin, muss man wohl sagen, sie macht ein Praktikum bei uns. Und das ist meine Lebensgefährtin Cordula."

„Hallo!"

Cordula betrachtete Bea so eindringlich, dass sie schon fürchtete, sie würde vor Cordulas Augen keine Gnade finden.

Aber dann lächelte Cordula auf einmal. Das Eis war gebrochen. Hatte sie geglaubt, Bea wäre eine Konkurrenz für sie?

„Bist du auch Sozialarbeiterin?“

„Nee, ich mach was ganz anderes. Ich bin Technikerin beim Rundfunk.“

„Hört sich spannend an.“

„Ja, auf die Dauer ist das auch immer dasselbe, wie überall. Aber es ist schon o. k.! Zumal bei uns die ganze Technik umgestellt wird auf digitale Geräte, das heißt alles neu lernen, und das macht Spaß.“

Die Frauenkneipe hatte sich gefüllt, alle Tische waren belegt, und überall standen Grüppchen herum. Bea sah sich die Frauen an. Sie waren so unterschiedlich, manche wirkten ziemlich männlich, mit kurzen Haaren, ungeschminkt und im Hosenanzug, andere wieder so, wie man sie in jeder anderen Kneipe auch finden würde. Ob alle Frauen lesbisch waren? Vielleicht gingen einige nur hierher, um ihre Ruhe vor Männern zu haben.

„Ich werde mal nach Hause gehen. Morgen ist wieder ein anstrengender Tag im Heim“, verabschiedete sich Bea von Helle und Cordula.

„Komm doch mal wieder vorbei, hier werden auch Filme gezeigt, jeden Freitag.“

„Ja, mach ich bestimmt.“

Sie lächelte Cordula zu. Offenbar hatte Cordula sie akzeptiert. Zu Helle gewandt, rief sie noch im Gehen:

„Wir sehen uns dann morgen!“

Helle und Cordula standen Arm in Arm an der Theke und waren ins Gespräch vertieft.

Als Bea im Bett lag, konnte sie nicht einschlafen. Das Bild der beiden Frauen stand ihr vor Augen. Wie das wohl war mit einer Frau? Bea konnte sich das nicht vorstellen. War man sich nicht zu ähnlich? Konnte es überhaupt einen Reiz geben? Sie dachte an Reinhold. Gerade das Männliche, das Undurchdringliche hatte sie an Reinhold fasziniert, zuerst wenigstens. Das hatte sich dann ja als ziemlich zerstörerisch erwiesen. War es wirklich so, dass Männer immer Macht ausüben wollten? Und wäre das bei Frauen anders? Bea spürte irgendeine Sehnsucht in sich, sie wusste nicht recht, wonach. Aber ihre Angst vor Verletzung überdeckte diese Sehnsucht – noch. Unruhig schlief sie ein.

In den nächsten Wochen ging Bea am Abend öfter in den Rosengarten. Sie unterhielt sich mit den anderen Frauen, die regelmäßig anwesend waren, lernte Lena ein bisschen näher kennen und besuchte auch die Filmabende. Im Juni, am längsten Tag des Jahres, machte der Rosengarten ein Fest. Alle halfen mit bei der Dekoration und der Vorbereitung des Essens, und es ging schon am frühen Abend lustig zu. Später wurde getanzt, und Bea, die sonst keinen Alkohol trank, probierte sogar die Pfirsichbowle.

Helle und Cordula tanzten eng umschlungen.

„Hey, Bea, komm zu uns und tanz mit!“

Und kichernd drängte sich Bea zwischen die beiden. Unter Lachen und Schubsen bewegten sie sich zur Musik und gerieten immer wieder aus dem Takt.

„Tanzt du auch mal mit mir?“

Lena stand vor Bea mit offenen Armen.

„Klar."

Sie überließ Helle und Cordula wieder sich selbst.

Lena schlang die Arme um Bea und drückte sich an sie.

„Du hast sicher gemerkt, dass du mir nicht gleichgültig bist, oder?"

Bea schreckte zurück. Sie hatte Angst vor dem, was jetzt kam. Sie fand Lena sehr nett, aber so war das nicht gemeint. Das war ihr zu nah.

Lena streichelte ihren Arm und ihre Schulter.

„Ich ... äh ... weißt du, ich bin noch nicht so weit. Für mich ist das alles hier noch neu. Ich weiß gar nicht, ob ich ..."

„Ob du auf Frauen stehst?"

„Ja, so ungefähr. Ich merke, dass ich mich bei euch wohl fühle, aber ob ich den nächsten Schritt gehe ..."

„Lass dir Zeit, es drängt niemand. Hauptsache, du bist da. Ich mag dich jedenfalls."

„Danke, Lena, das ist sehr schön zu hören."

Bea war erleichtert. Sie brauchte sich nicht zu rechtfertigen und ein schlechtes Gewissen wegen cincr Ablehnung zu haben. Lena verstand ihr Zögern, und Bea schmiegte sich etwas mehr an sie.

„Oh, so spät schon. Ich muss sehen, dass ich die letzte U-Bahn kriege."

„Das ist aber kein Vergnügen, jetzt mit der U-Bahn. Willst du dir nicht ein Taxi leisten?"

„Ach was! Ich fahre immer U-Bahn. Taxi ist viel zu teuer. Also bis morgen, tschüss, Lena."

Bea winkte den anderen zu und machte sich auf in Richtung U-Bahnstation. Sie ging am Heiligengeistfeld entlang, da wo manchmal der Dom stattfand. Jetzt war gerade kein Dom, aber es standen ein paar vereinzelte Wagen herum, verdeckt durch Büsche und Sträucher. Auf der Hälfte des Weges vernahm sie Schritte hinter sich, was sie nicht sehr beunruhigte, aber ein wenig schneller gehen ließ. Die Schritte kamen näher. Vor ihr war auf der Straße kein Mensch zu sehen. Jetzt drehte sich Bea doch um. Ein Mann lief hinter ihr her, und seine ganze Haltung, sein Blick und sein Gang ließen sie vor Angst erstarren. Der wollte nicht zur U-Bahn, so viel stand fest. Bea begann zu laufen, der Mann lief ebenfalls. Ihr ganzer Körper vibrierte im Alarmzustand.

O Gott, der ist hinter mir her. Was tun? Ich kann nur versuchen, bis zur U-Bahn zu kommen. Wenn der schneller ist als ich … Nicht umschauen! Jetzt packt er mich gleich. Nicht umschauen!

Die Schritte klangen ganz nah. Bea spürte, wie Hände an ihrer Jacke zerrten. Nein. Weiterlaufen! Der Mann hielt sie fest, er hatte sie eingeholt.

„Loslassen!"

Bea schrie. Der Mann packte stärker, zerrte sie ins Gebüsch. Bea strampelte, versuchte zu treten. Der hatte einen eisernen Griff. Er drehte ihr den Arm auf den Rücken.

„Au! Hilfe!"

Bea schrie wieder.

„Halt die Klappe, sonst stopf ich sie dir!", zischte der Mann.

Er roch schlecht. Er zerrte Bea weiter ins Gebüsch, durch die Sträucher. Beas Herz klopfte wild. Sie schlug mit der freien Hand auf ihn ein. Sie trat gegen seine Beine. Er war zu stark. Er warf sie einfach um, auf den Boden. Bea konnte die Erde riechen. Der Mann wälzte sich auf sie.

„Nein! Hilfe!"

Bea schrie erneut, mobilisierte ihre letzten Kräfte und erwischte ihn voll zwischen den Beinen. Er jaulte auf und ließ von ihr ab. Das genügte ihr, um aufzuspringen und wegzulaufen, zurück zum Rosengarten. Sie öffnete die Tür.

„Bea, mein Gott, was ist passiert?"

„Wie siehst du aus?"

„Hattest du einen Unfall?"

Wie durch Watte nahm Bea die Stimmen wahr. Sie hatte nicht die Kraft, sich zu setzen. Helle nahm sie am Arm und führte sie zu einem Sofa.

„Bea, was ist los?"

„Ein Mann, er hat mich überfallen und ..."

Das Sprechen machte ihr Mühe.

„O nein, hat er dich vergewaltigt?"

„Fast."

Jetzt begann sie zu weinen. Sie hörte gar nicht mehr auf zu weinen, und Helle hielt sie im Arm. Es war ganz still geworden in der Kneipe. Die Musik schwieg, und keine sagte ein Wort. Alle standen im Kreis um Bea herum.

„Wein jetzt erst mal! Du bist hier in Sicherheit."

Bea schluchzte und würgte zwischendurch an ihrem Ekel.

„Beruhige dich! Wenn es dir besser geht, müssen wir etwas unternehmen. Wir müssen sofort zur Polizei. Den musst du anzeigen."

„Das kann ich nicht. Jetzt nicht. Ich kann nichts sagen."

„Aber wir müssen jetzt gehen. Es ist sicher schrecklich für

dich, aber die Chance, den Typen zu kriegen, ist viel höher, wenn du gleich gehst."

Bea würgte schon wieder.

„Ich gehe mit dir, und Cordula und Lena auch, wenn du willst."

Die drei Frauen brachten Bea aufs Polizeirevier, sie trugen sie fast, sie konnte kaum gehen und begann erneut zu weinen. Der Polizist zeigte Mitgefühl und fragte vorsichtig, ob Bea den Täter beschreiben könne. Aber Bea fühlte eine Blockade in sich, sie konnte sich an nichts erinnern außer an die Angst. „Ich weiß, dass das jetzt sehr schmerzhaft und unangenehm für Sie ist, aber wir müssen Sie sofort befragen, wenn wir eine Chance haben wollen, den Täter zu überführen."

Helle hielt Beas Hand während der Befragung. Sie bekam noch eine Beruhigungsspritze von der Polizeiärztin, um einschlafen zu können.

Bea hörte noch, wie die Ärztin den Polizisten informierte. „Sie hat einen schweren Schock erlitten. Mit der Spritze wird sie wenigstens fürs Erste ein bisschen schlafen und vergessen können."

Der Polizist brachte sie nach Hause und klingelte Corinna aus dem Bett. Er informierte sie von dem schrecklichen Vorfall. Erschrocken nahm sie Bea in Empfang und brachte sie ins Bett.

„Ihre Tochter sollte morgen zu uns aufs Revier kommen. Wir möchten noch mal mit ihr reden. Vielleicht fällt ihr zum Tathergang etwas ein. Heute war der Schock zu groß."

„Ich bringe sie morgen zu Ihnen. Sie tut bestimmt alles, damit der Täter gefasst wird."

„Tut mir Leid für Ihre Tochter."

„Ja, danke. Gute Nacht."

Corinna setzte sich an Beas Bett. Die Spritze tat ihre Wirkung, sie schlief. Corinna strich ihr übers Haar und weinte.

„Meine Kleine", murmelte sie, „warum ausgerechnet du?"

Corinna saß noch im Morgengrauen an Beas Bett, vornüber geneigt, vom Schlaf überwältigt. Auf sie fiel Beas erster Blick nach dem Erwachen. Dann erinnerte sie sich wieder daran, was gestern Nacht passiert war, und das Grauen stieg in ihr hoch. Corinna wurde wach.

„Wie geht es dir?"

„Nicht so besonders."

„Kann ich mir denken. Du bleibst heute hier. Ich rufe im Heim an und sage, dass du krank bist."

„Die wissen wahrscheinlich schon von Helle, was passiert ist."

„Ich gehe in die Küche und mache Frühstück, Max muss in die Schule. Und du erzählst mir dann, an was du dich erinnerst, ja? Wir sollten noch mal aufs Polizeirevier gehen, die hätten gern eine Aussage von dir."

Bea blieb im Bett liegen, jeder Schritt war ihr zu viel. Sie wollte die sichere Höhle nicht verlassen. Corinna brachte ihr Kaffee und Saft.

„Versuch dich zu erinnern! Was weißt du noch?"

Am liebsten hätte Bea die Nacht aus ihrem Kopf gestrichen, es war alles wie ein großer Nebel. Es sollte nicht geschehen sein. Aber es war geschehen. Corinna fragte beharrlich nach.

„Ich bin zur U-Bahn gegangen. Und habe Schritte gehört. Dann ging alles so schnell."

„Wie sah der Mann aus? Was hatte er an? Wie war seine Stimme?"

„Ich weiß nicht. Ich glaub, er war älter."

„Wie alt?"

„Ich weiß nicht."

„Bea, du willst doch auch, dass die Polizei ihn kriegt. Er soll zur Rechenschaft gezogen werden für das, was er getan hat. Außerdem müssen andere Frauen vor ihm geschützt werden. Er könnte immer wieder versuchen, Frauen zu vergewaltigen. Solche Leute sind krank und brauchen eine Behandlung."

Corinna dachte, es sei leichter für Bea, wenn sie zuerst mit ihr sprach, und dann mit der Polizei. Die würden ihr dieselben Fragen stellen.

„Er hat gerochen."

„Wonach hat er gerochen?"

Bea fiel der stechende Geruch wieder ein, der von dem Mann ausging.

„Irgendwie nach Tieren, nach Raubtieren."

„Das ist doch schon ein Anhaltspunkt. Denk weiter nach!"

„Er war groß und schwer."

„Weiter, Bea, weiter!"

„Seine Jacke war aus einem schweren Stoff, der kratzte in meinem Gesicht."

In Bea wurde das Geschehen der letzten Nacht wieder lebendig. Sie spürte wieder die Angst und die Panik, die sie empfunden hatte, und begann zu weinen.

„Ist gut, ist alles gut."

Corinna hielt sie im Arm.

„Wir gehen jetzt zur Polizei. Mit deinen Angaben können die bestimmt etwas anfangen."

Am späten Nachmittag kamen Helle, Cordula und Lena Bea besuchen. Die drei standen auch noch unter Schock.

„Wir müssen überlegen, wie wir uns als Frauen besser schützen können."

„Wenn man sich vorstellt, dass das mitten in der Stadt passiert ist und nicht etwa in einem einsamen Wald! Und keiner war da. Hast du eigentlich geschrieen?"

„Ja, ich glaube, ich habe laut gebrüllt. Aber niemand hat mich gehört. Und dann hat er mich schnell ins Gebüsch gezogen!"

„Wir werden einen Kurs zur Selbstverteidigung organisieren. So was gibt es doch, Karate oder Judo oder so. Da kann man bestimmt Tricks und Griffe lernen, wie man sich wehren kann."

„Ich glaube nicht, dass man sich gegen so einen wehren kann. Der ist allein körperlich von einer Übermacht, groß und schwer. Wenn der sich auf dich wirft!"

„Wir sollten es zumindest versuchen. Jedenfalls lassen wir die Sache nicht auf sich beruhen."

„Es reicht ja nicht, wenn die Polizei diesen einen fasst. Es wird immer wieder Männer geben, die uns bedrohen. Wir müssen stärker werden und Möglichkeiten der Verteidigung finden. Denkt auch mal an die misshandelten und vergewaltigten Frauen zu Hause. Das passiert nicht auf der Straße, sondern in den eigenen vier Wänden."

Nicht, dass Beas Schrecken irgendwie gemildert wurde, aber die Überlegungen der Frauen gaben ihr das Gefühl, etwas tun zu können und den Erinnerungen nicht hilflos ausgeliefert zu sein. Sie glaubte nicht daran, dass Frauen sich wirklich schützen konnten – das hatte sie am eigenen Leib schmerzhaft erfahren –, aber es war richtig, etwas zu tun.

„Ja", stimmte sie zu, „wir sollten eine Gruppe zur Selbstverteidigung einrichten."

12

Nur mühsam ging der seelische Genesungsprozess voran. Es dauerte Tage, ehe Bea wieder allein auf die Straße ging. Jeder Schritt, den sie hörte, ließ sie zusammenfahren. Zur Arbeit ins Heim konnte sie vorerst nicht, den Menschen dort wäre sie noch nicht gewachsen gewesen. Sie nutzte die Zeit, setzte sich in die Bibliothek der Universität und lernte für ihr Studium, las Bücher über Psychologie und Verhaltensforschung. Die Ruhe dort tat ihr gut.

Die Zuwendung der Frauen im Rosengarten tat ihr auch gut. Die Abende verbrachte sie dort, und immer begleitete eine der Frauen sie nach Hause. Tatkräftig unterstützte sie die Einrichtung eines Heimes für misshandelte Frauen, an der der Rosengarten sich beteiligte, und organisierte auch den Kurs zur Selbstverteidigung. Allmählich kehrten ihr Lebensmut und ihr Selbstbewusstsein zurück.

„Den rechten Fuß vor, die Schulter drehen, und Körperspannung!“

Die zehn Frauen versuchten, die Bewegungen genauso auszuführen, wie sie ihnen vorgemacht wurden.

„Noch einmal, mit mehr Körperspannung! Das ist das Wichtigste."

Dann wurde geübt, wie man reagiert, wenn jemand von hinten angreift.

„Konzentration, und den Ellbogen nach hinten, ja, gut."

Bea legte ihr ganzes Gewicht auf das rechte Bein.

„Ja, Bea, nicht so zögerlich, entschlossener!"

Die Trainerin, die den Frauen Schritte zur Selbstverteidigung beibrachte, war eine durch und durch sportliche Person mit Muskeln an den richtigen Stellen. Sie hieß Michaela, wurde aber von allen Micha genannt. Micha hatte als Kellnerin im Rosengarten gejobbt, und als sich herausstellte, dass sie früher einmal Jugendmeisterin in Karate war, ebenso gut Judo und Taekwondo konnte und an mehreren Kursen zur Selbstverteidigung von Frauen teilgenommen hatte, baten sie die Frauen, mit ihnen zu trainieren. Ein kleiner Gymnastikraum wurde gemietet, und einmal in der Woche erklärte ihnen Micha die Schritte und Tritte zur Verteidigung im Ernstfall.

Wenn Micha die Bewegungen vorführte, sah das nicht nur abschreckend aus, sondern wunderschön, fand Bea. Wie jede Faser ihres Körpers angespannt war und vibrierte, wie geschmeidig sie sich bewegte! Und wie viel Energie dahinter steckte! Die würden jeden Mann in die Flucht schlagen. Bea bezweifelte, dass sie jemals so werden würde wie Micha.

„Nicht den Mut verlieren", sagte Micha dann, „ihr fangt doch erst an, ich mach das schon mein Leben lang."

„Bei dir würde niemand auf die Idee kommen, dich anzugreifen“, meinte Bea.

„Das liegt ein bisschen daran, was man ausstrahlt. Vielleicht bin ich mir meiner Kraft bewusst, und das merkt man. Das ist eine Sache des Selbstbewusstseins. Natürlich wäre auch ich machtlos, wenn mir jemand ein Messer an die Kehle setzen würde. Aber wir üben ja Situationen, in denen es noch eine Handlungschance gibt.“

Nach dem Training saßen die Frauen im Rosengarten beieinander, Micha bediente. Beas Augen wanderten immer wieder zu Micha. Wie schön sie war mit ihren raspelkurzen, schwarzen Haaren und dem ärmellosen, weißen T-Shirt, das ihre Armmuskeln zeigte. Auf den linken Oberarm war eine kleine Rose tätowiert. Manchmal begegneten sich ihre und Beas Blicke, und Bea sah ihre dunklen Augen mit den langen, schwarzen Wimpern und lächelte ihr zu. Noch nie hatte sie eine so schöne Frau wie Micha gesehen.

„Hey, Bea, wo bist du denn? Irgendwo in außerirdischen Sphären?“

Helle lachte.

„Ich war gerade in Gedanken.“

„Was sagst du zu dem Kurs? Du warst ja eigentlich der Anlass, ihn ins Leben zu rufen. Meinst du, das bringt etwas?“

„Ich finde schon. Auch wenn ich immer noch meine Zweifel habe, ob man im Ernstfall die Griffe wirklich anwenden kann. Da geht alles so schnell.“

„Das ist ja genau die Sache. Wir sollen uns nicht überrumpeln lassen, sondern überlegt handeln, auch wenn es um den Bruchteil einer Sekunde geht."

„Aber es ist dennoch ein Unterschied, ob du das in einer entspannten Situation trainierst oder ob du das anwenden sollst, wenn dir das Herz bis zum Hals schlägt."

„Klar, genau die Situation kann man nicht simulieren."

„Aber trotzdem finde ich die Übungen sinnvoll. Außerdem erfüllen sie bei mir den Zweck, meinen Schock abzuarbeiten."

„Ich sage euch, je vertrauter euch die Bewegungen werden, desto sicherer werdet ihr euch auf der Straße fühlen", mischte sich jetzt Micha ein, die die Unterhaltung mitgekriegt hatte.

Und dann wandte sie sich an Bea:

„Ich habe gehört, was dir passiert ist. Das tut mir Leid, muss wirklich ein Trauma sein. Hoffentlich kann ich etwas dazu beitragen, dass du es überwindest."

„Ja, danke. Das tust du schon. Dein Training ist klasse, das tut mir gut."

Beas Praktikum im Heim war zu Ende gegangen. Mit ihrer Arbeit in der Theatergruppe konnte sie immerhin einen Erfolg verbuchen. Sie hatten vor allen Jugendlichen und Erziehern das Stück aufgeführt, das sie geprobt hatten, und Begeisterung geerntet. Das hatte den jungen Schauspielern Selbstbewusstsein und das Gefühl gegeben, dass sie etwas geleistet hatten. Frau Senft stellte Bea ein exzellentes Zeugnis aus, und auch die Kollegen lobten sie und wollten die Anregung mit der Theatergruppe aufnehmen. Am meisten aber hatte Bea gefreut, dass die Jugendlichen aus ihrer Gruppe, als sie von dem Überfall auf Bea erfahren hatten, ihr eine Karte gebastelt hatten. Das war für sie der wahre Erfolg ihrer Tätigkeit und eine Bestätigung, dass sie auf dem richtigen Weg war.

Es war wieder Oktober geworden und das nächste Semester begann, Theorie in Seminaren und Vorlesungen. Das bedeutete lesen, lernen, in der Bibliothek sitzen und Hausarbeiten schreiben. Für die Fachbereichszeitung verfasste sie einen Bericht über ihre Erfahrungen im Theaterspielen mit straffälligen Jugendlichen, der selbst bei den Professoren Anerkennung fand.

Bea vergaß allmählich den Schock des Überfalls.

Bis eines Tages ein Schreiben von der Polizei vorlag, sie möge sich auf dem Revier einfinden wegen einer Gegenüberstellung. Die Polizei glaubte den Täter gefunden zu haben, einen Tierpfleger von einem Wanderzirkus, der in Celle, wo der Zirkus gastierte, wieder eine Frau angegriffen und diesmal vergewaltigt hatte. Die Frau hatte den Mann wieder erkannt. Jetzt sollte geklärt werden, ob derselbe Mann auch bei Bea der Täter war.

Als sie den Brief las, stand ihr alles wieder vor Augen, als sei es gestern gewesen, die Angst war wieder da, der Schock, die Panik.

„Corinna, ich kann da nicht hingehen. Ich kann den Mann nicht sehen."

„Du musst. Wenn er es war, musst du gegen ihn aussagen. Du hast ja gesehen, dass er nicht damit aufhört. Er hat in der nächsten Stadt genau dasselbe gemacht. Außerdem glaube ich, ist es auch gut für dich. Es ist ein weiterer Schritt, darüber wegzukommen."

„Ich glaube, ich schaffe das nicht."

„Wenn es dir hilft, komme ich mit dir. Oder frag die Frauen aus der Kneipe, die unterstützen dich bestimmt."

Bea berichtete im Rosengarten, was ihr bevorstand und dass sie größte Angst hatte, dem Täter gegenübergestellt zu werden. Die Frauen redeten ihr zu, den schweren Gang zur Polizei trotzdem auf sich zu nehmen.

„Wir kommen natürlich mit", sagte Helle sofort.

„Aber das ist am Vormittag."

„Ach so, das ist schlecht."

Weder Helle noch Cordula konnten am Vormittag von der Arbeit weg.

„Ich komme mit dir", hörte Bea Michas ruhige Stimme, „wenn du willst".

„Ja, das würde mir schon helfen."

Bea freute sich, dass Micha spontan dieses Angebot machte. Irgendwie gab ihr Micha ein Gefühl der Sicherheit, und das lag nicht nur daran, dass sie Karate konnte.

Spät am Abend im Bett dachte Bea an Micha, an ihre dunklen Augen und ihre ruhige Stimme, und ein angenehmes Gefühl durchströmte sie, wie eine Sehnsucht, die man schon lange in sich trägt und die auf einmal Gestalt annimmt.

Zum verabredeten Zeitpunkt erschien Micha vor dem Präsidium. Sie legte kurz ihre Hand auf Beas Schulter.

„Es kann nichts passieren, ich bin bei dir."

Von einem Polizeibeamten wurden sie in einen Raum geführt, von dem aus man durch eine Glasscheibe in den benachbarten Raum blicken konnte.

„Die auf der anderen Seite können Sie nicht sehen", erklärte der Polizist.

Beas Herz schlug trotzdem zum Zerspringen. Sie hatte Angst, dass sie im Innern alles noch einmal erleben würde.

Fünf Männer wurden in das Nebenzimmer geführt. Bea schaute auf den Boden und erst wieder auf, als alle in einer Reihe standen. Sie erkannte ihn sofort.

Sie hörte seine Schritte hinter sich, sie fühlte seine Hände auf ihrem Rücken, sie wurde von ihm zu Boden geworfen und angegrabscht. Sie sah sein Gesicht dicht über sich, spürte seinen Atem, roch seinen Raubtiergeruch.

„Nein, nicht, ich will nicht", schrie sie laut auf und sank weinend zu Boden. Micha streichelte ihr Haar, nahm sie in den Arm. Bea schluchzte. Nach einer Weile beruhigte sie sich und sagte zu dem Polizisten:

„Der Dritte von links war es."

Dann war es vorbei. Micha führte sie hinaus. Sie hatte den Mann identifiziert, der auch in Celle die Vergewaltigung begangen hatte, den Tierpfleger vom Wanderzirkus.

„Ich denke, wir gehen erst mal einen Kaffee trinken", schlug Micha vor.

„Ja. Mir geht es schon wieder besser. Es ist fast so, als sei eine Blockade aufgehoben worden, ich fühle mich sogar freier als vorher."

„Klar, weil du dich an alles erinnert hast, was du vorher noch verdrängt hattest. Jetzt kann der richtige Heilungsprozess beginnen."

„Danke, dass du bei mir warst."

„Habe ich wirklich gern getan."

13

Bea gestand sich nur zögernd ein, dass sie oft an Micha dachte und, anders als an die anderen Frauen, mit großer Zärtlichkeit und Zuneigung. Sie suchte Michas Nähe, wann immer es ging. Im Rosengarten sah sie Micha beim Bedienen zu, wie die in ihrer schwarzen Jeans und dem weißen T-Shirt zwischen den Tischen hin- und herlief, mit dem Tablett in der Hand, wie sich bei jeder Bewegung ihres Armes ihre Muskeln zeigten, wie sie lächelte, wenn sie die Getränke auf die Tische stellte oder kassierte.

Manchmal kam Micha zwischendurch zu ihr an die Theke und nippte an ihrem Cappuccino, der inzwischen kalt geworden war. Dann schüttelte sie den Kopf mit den kurzen Haaren und sagte: „Ich schaffe es einfach nicht, ihn heiß zu trinken. Zu viel zu tun."

Micha schien ein Bewegungstalent zu sein. Fast jeden Tag trainierte sie Karate, wobei sie nicht mehr an Wettkämpfen teilnahm, nur so für sich, wie sie sagte, um nicht einzurosten. Hauptsächlich aber studierte sie Musik, Saxophon und Klarinette an der Musikhochschule. Das erforderte wiederum viel Zeit zum Üben. Wo Micha die hernahm, war Bea ein Rätsel, denn sie kellnerte ja auch noch im Rosengarten.

„Wie machst du das alles, Micha, und vor allem, wann?“, fragte Bea entgeistert.

Micha lachte nur.

„Alles eine Frage der Einteilung.“

Bea fing an, Micha zu begehren. Sie hätte sie gern angefasst, ihre kurzen Haare gestreichelt, über ihre glatte Haut gestrichen. Aber diese Sehnsuchtsattacken schob Bea sofort wieder beiseite. Sie wusste ja auch gar nicht, ob Micha mehr als nur freundschaftliche Gefühle für sie empfand. Sie war total verwirrt. Und so schlich sie um ihre eigenen Gefühle und um Micha herum wie die Katze um den heißen Brei.

Eines Abends wurde im Rosengarten der französische Film „Außer Atem“ gezeigt mit Jean-Paul Belmondo und Jean Seberg in den Hauptrollen. In der Schauspielerin mit den kurzen Haaren sah Bea die ganze Zeit nur Micha, Micha in blond, mit großen Augen und einem sinnlichen Mund. Micha im Bett in einem Hotelzimmer, Micha rennend auf einer Straße in Paris.

Nach der Vorstellung blieb Bea im Rosengarten sitzen, bis keiner mehr da war außer Micha und Lena.

„Ein toller Film!“, sagte Bea.

„Ja, wirklich gut gemacht, der hat drive!“

„Die Schauspielerin sah aus wie du, nur in blond.“

„Oh, danke, ich nehm’s als Kompliment. Obwohl ich früher immer gern wie Brigitte Bardot gewesen wäre, eher dein

Typus. Bis ich gemerkt habe, dass ich das nicht bin und auch nie sein werde."

„Von Brigitte Bardot bin ich aber auch weit entfernt."

„Ich meine die ganze junge Bardot."

„Von der auch, glaube ich."

„Wir sollten mal das Lokal verlassen. Es ist schon eins."

„Schon. Meine letzte U-Bahn ist weg."

„Ich mach dir einen Vorschlag. Ich bin mit dem Rad da. Du setzt dich auf den Gepäckträger, und ich fahr dich nach Hause. Wenn dir das nicht zu unbequem ist."

„Keineswegs. Das willst du wirklich machen?"

„Klar. Ich würde dich doch nicht allein nach Hause gehen lassen."

Bea saß seitlich auf dem Gepäckträger und hatte die Arme um Michas Hüften geschlungen. Micha trat in die Pedale. Die Enden ihres Schals wehten Bea ins Gesicht. Es war schon ziemlich kühl in dieser Oktobernacht, aber Bea spürte weder Kälte noch Wind. Sie sah die Sterne am Himmel und noch nie war ihr eine Nacht so schön vorgekommen. Ewig hätte die unbequeme Fahrt weitergehen können, aber dann waren sie vor Beas Haus angelangt, und sie musste absteigen.

„Danke."

„Es war mir ein Vergnügen. Ein bisschen Bewegung in dieser Kälte tut sowieso gut."

„Wo wohnst du eigentlich?"

„Gar nicht weit von hier, im Univiertel, in einer Wohngemeinschaft mit zwei Frauen zusammen."

„Ach so. Also dann bis morgen."

„Bis morgen."

Bea stand Micha ganz nah gegenüber. Sie legte schnell und scheu die Arme um Micha und drückte sie kurz an sich. Dann ließ sie wieder los. Das geschah so schnell, dass sie nicht einmal merken konnte, ob Micha den Druck erwiderte. Bea ging zur Haustür und drehte sich noch einmal um. Micha stand immer noch da und sah sie an. Sie winkte kurz.

Als Bea im Bett lag, konnte sie nicht einschlafen. Warum waren Gefühle so kompliziert? Warum konnte sie Micha nicht einfach sagen, dass sie sie mochte, dass sie gern mit ihr zusammen war? Nein, das kam nicht in Frage. Sie wusste ja selbst nicht einmal, was sie davon halten sollte. Und schon gar nicht, ob Micha ihre Gefühle irgendwie erwiderte. Sie wusste zwar, dass Micha Beziehungen zu Frauen hatte. Aber sie? Wollte sie das denn? Bisher hatte sie sich das nicht vorstellen können, obwohl sie nun schon so lange im Rosengarten verkehrte, obwohl die Frauen dort ihre Freundinnen waren und sie mit Männern außer im Studium nichts mehr zu tun hatte. Aber eine Beziehung zu einer Frau, das war dann doch etwas anderes. Vielleicht brauchte sie noch Zeit. Verschieben wir's auf morgen, dachte sie und musste lächeln. Denn der Spruch stammte aus ihrem Lieblingsfilm – zumindest war das früher ihr Lieblingsfilm gewesen – „Vom Winde verweht". Das sagte Scarlett O'Hara immer, wenn sie sich nicht entscheiden konnte. Verschieben wir's auf morgen.

Die nächsten Tage war Bea mit den Vorbereitungen auf eine Klausur beschäftigt. Erst am Sonnabend konnte sie wieder in den Rosengarten gehen. Micha sollte dort am Abend mit ihrer Band auftreten, Micha am Saxophon mit fünf anderen Frauen. Bea fieberte dem Auftritt entgegen. Sie hatte Micha noch nie spielen hören.

Als sie Micha dann auf der improvisierten Bühne sah, in schwarzer Lederhose und schwarzem Hemd, das Saxophon um den Hals, als die ersten warmen, weichen Töne erklangen, die Micha dem Instrument entlockte, war es endgültig um Bea geschehen. Sie war hingerissen und lauschte verzückt der Musik, die mal lauter, mal leiser ihre Ohren betörte. Aber auch die anderen Zuhörerinnen waren begeistert, und schon in der Pause gab es begeisterten Applaus für die Band.

„So etwas Schönes habe ich selten gehört", rief Bea Micha zu, die gierig ein Mineralwasser trank.

„Danke, freut mich, wenn es dir gefällt, wir haben auch mächtig geprobt, bis wir uns zusammengerauft hatten."

Nach der Pause spielten sie noch einmal eine Stunde und ließen sich um Zugaben nicht lange bitten. Dann packten die Frauen der Band ihre Instrumente ein, holten sich etwas zu trinken und ließen sich auf der Bühne nieder. Bea stand mit Helle und Cordula an der Theke. Mit einem Auge schielte sie in Richtung Bühne, wo Micha im Kreis der Bandmitglieder saß. Sie lachten und plauderten und prosteten sich zu. Eine schöne Blonde mit krausen Haaren – wie Engelshaar, dachte Bea – die das Schlagzeug gespielt hatte, saß dicht neben Micha. Mit Händen und Füßen redete sie auf sie ein, legte ihr die Hand auf die Schulter oder fasste ihren Arm an. Bea konnte ihren Blick kaum abwenden.

„Hey, Bea, schwebst du noch immer im Musikhimmel?"

Helle hatte sie angesprochen.

„Entschuldige, ich habe gerade nicht zugehört. Was hast du gesagt?"

„Ich habe nur gefragt, was dein Studium macht. Blöde Frage angesichts dessen, was dich zu beschäftigen scheint."

„Nee, es ist nichts. Das Studium, das geht gut, doch, wirklich gut."

„Aha. Geht es auch etwas genauer?"

„Wir haben gerade eine Klausur geschrieben in Psychologie. Ich muss auch allmählich daran denken, mir ein Thema für die Abschlussarbeit zu suchen."

„Und danach? Hast du schon überlegt, in welche Richtung du gehen willst? Vielleicht kommst du wieder zu uns ins Heim?"

„Weiß ich noch nicht. Vielleicht doch eher Streetworkerin."

„Ist auch nicht einfacher, das weißt du, oder?"

Bea riskierte wieder einen Blick.

Der schöne, blonde Engel hatte einen Arm um Micha gelegt und Micha schien Gefallen daran zu finden. Jedenfalls lächelte sie den Engel an. Bea merkte, wie die Traurigkeit in ihr aufstieg. Die kannten sich bestimmt schon lange, die sahen sich jeden Tag und machten Musik miteinander und vielleicht noch mehr. Es sah vertraut aus, wie die beiden da so saßen. Irgendetwas schmerzte in Beas Brust. Noch nie in ihrem Leben hatte sie dieses Gefühl gehabt, deshalb wusste sie nicht, dass es genau das ist, was man Eifersucht nennt. Bea war eifersüchtig auf den blonden Engel, denn sie hätte Micha gern im Arm gehalten und mit ihr geredet.

„Ich fühl mich heute nicht gut“, murmelte sie Helle zu. „Ich geh lieber mal nach Hause.“

„Gute Besserung“, rief Helle ihr nach, als sie schon fast bei der Tür war.

Das sah nach Flucht aus, wie Bea den Rosengarten verließ. Es war noch gar nicht so spät, und sie brauchte dringend frische Luft. Sie lief durch die Straßen und hielt nur mühsam die Tränen zurück. Falsch gedacht und gehofft. Micha wollte nichts von ihr wissen, die hatte längst eine andere. Kein Wunder, so schön wie die war, und bei dem musikalischen Talent. Da hatte sie, Bea, nichts vorzuweisen. Nur gut, dass sie sich nicht offenbart hatte. Da hätte Micha ja gerade gelacht. Bea ging durchs Univiertel, hier konnte man sich um diese Uhrzeit noch alleine auf die Straße wagen, hier war immer etwas los. Aus einer Kneipe tönte Musik. Zum ersten Mal im Leben hatte sie das Bedürfnis, Alkohol zu trinken. Natürlich hatte sie vorher schon mal Wein oder Sekt getrunken, aber jetzt war ihr zumute wie in den Filmen den Männern, wenn sie von einer Frau versetzt wurden und in die nächste Bar gingen, um einen Whiskey zu trinken. Mutig öffnete sie die Tür zu der Kneipe. Sah ganz nett aus. Sie setzte sich an die Theke. Eine ziemlich stark geschminkte Frau fragte sie nach ihren Wünschen. Wenn schon, dann richtig.

„Einen Whiskey, bitte.“

„Scotch oder Bourbon?“

„Äh, ist egal."
„Dann einen Scotch."
„Eis?"
„Ja."
Die Frau stellte das Glas vor Bea hin.
„Dann zum Wohl!"
Bea nahm einen großen Schluck. Das brannte im Mund und im Hals. Sie hustete fast, nahm sich aber zusammen. Das war nun das berühmte Getränk aus allen möglichen Kriminalfilmen. Sie konnte nichts daran finden. Das Glas trank sie eher wegen der Barfrau leer. Dann aber merkte sie die einsetzende Wirkung, eine angenehme Wärme durchströmte sie, alles rückte weiter weg und die Traurigkeit wurde gedämpft. Ein angenehmes Gefühl.
„Noch einen, bitte!"
„Bitte sehr."
Die Frau stellte ein neues Glas vor Bea hin.
„Kummer?"
„Könnte man so sagen."
„Ertränkt man am besten. Morgen sieht es schon anders aus."
„Hm."
Bea hatte keine Lust zu reden. Das Bild sollte aus ihrem Kopf verschwinden, das Bild mit Micha und dem blonden Engel. Der Whiskey sollte ihr dabei helfen. Das tat er. Die Wattewand wurde größer und undurchdringlicher. Nach dem dritten Glas begann der Raum zu schwanken.
„Ich möchte zahlen."
Kam es ihr nur so vor oder konnte sie die Wörter nicht

mehr richtig aussprechen? Die Barfrau verstand sie jedenfalls und kam zum Kassieren.

„Haben Sie es noch weit?“

„Nein, ich wohne in der Nähe.“

„Sie sollten trotzdem besser ein Taxi nehmen.“

Auf einmal erinnerte sich Bea, dass ihr das schon einmal jemand gesagt hatte. Damals hatte sie den Rat in den Wind geschlagen, und danach war das Furchtbarste passiert, was sie je erlebt hatte.

„Doch besser ein Taxi. Können Sie mir eins rufen?“

„Klar. Ist in fünf Minuten da.“

Daran, wie sie nach Hause gekommen, wie sie aus dem Taxi ausgestiegen und in ihr Bett gelangt war, erinnerte sie sich am nächsten Morgen nicht mehr. Furchtbare Kopfschmerzen ließen sie im Bett verharren, dazu kam eine ungekannte Übelkeit, und die Helligkeit, die durch das Fenster drang, tat weh. Sie war allein in der Wohnung, Max war in der Schule, Corinna an der Universität. Gegen Mittag schlich Bea in die Küche und setzte einen Tee auf. Etwas anderes konnte sie jetzt nicht vertragen. Himmel, dass Alkohol solche Auswirkungen hatte! Wie machten das nur die Leute, die jeden Tag etwas tranken? Vielleicht gewöhnte man sich mit der Zeit daran. Das wollte sie lieber nicht ausprobieren. Das Telefon klingelte. Bea fühlte sich kaum in der Lage, den Hörer abzunehmen.

„Bea Hansen“, murmelte sie.

„Bea, hier ist Micha. Du warst gestern Abend auf einmal verschwunden, und da wollte ich wissen, ob du gut nach

Hause gekommen bist. Ich habe mir Sorgen um dich gemacht!"

Bea durchzuckte ein Blitz. Sogar der Kopfschmerz war schlagartig verschwunden.

„Äh, ja, ich habe ein Taxi genommen."

Etwas Besseres fiel ihr nicht ein.

„Störe ich gerade?"

„Nein, nein, du störst überhaupt nicht."

„Schade, dass du so früh gegangen bist. Es war noch sehr lustig nachher. Ich habe sogar noch mal mein Saxophon ausgepackt und ein Solo gespielt."

„Ich dachte ... ich habe mich irgendwie überflüssig gefühlt."

„Das tut mir Leid. Weißt du, wir kennen uns in der Band schon ziemlich lange und haben einiges miteinander durchgemacht. Da sieht es von außen vielleicht so aus, als wären wir eine verschworene Gemeinschaft. Aber das ist nicht so. Wenn du die anderen mal kennen lernst, wirst du das sehen."

„Ja, das war blöd, einfach wegzulaufen. Ich bin noch in eine Kneipe gegangen und habe den ersten Whiskey meines Lebens getrunken, das heißt die ersten Whiskeys, deshalb liege ich noch halb im Bett."

Bea hörte Micha lachen.

„Hey, du hast einen Kater?"

Jetzt konnte Bea auch wieder lachen.

„Ja, einen ausgewachsenen."

„Bist du denn bis heute Abend wieder fit? Ich wollte dir vorschlagen, dass wir ins Kino gehen. Heute muss ich nicht kellnern."

„Super. Meinem Kopf geht es schon wieder viel besser, er ist fast wie neu."

„Wie wäre es mit einem alten französischen Film mit Brigitte Bardot? Läuft im Abaton. Treffen wir uns da?"

„Gut, um acht Uhr am Abaton. Ich freu mich! Ciao Micha."

Beas Herz machte einen Sprung, was aber zu einer erneuten Kopfschmerzattacke führte. Im Bad fand sie Aspirin. Mit einer Tasse Tee legte sie sich noch einmal ins Bett, bis die Tabletten den Kopfschmerz endgültig beseitigt hatten.

Micha hatte sie angerufen. Sie hatte bemerkt, dass sie gestern Abend gegangen war. Vielleicht war ja doch nichts mit dem blonden Engel. Bea schlief noch einmal ein.

Zehn Minuten vor acht stand Bea bereits vor dem Kino. Sie schlenderte auf und ab und sah sich die Bilder in den Schaukästen an. Brigitte Bardot schritt eine breite Freitreppe hinunter zum Meer, im Hintergrund die blutrote Villa auf den Felsen der Insel Capri. Die Bardot im Bademantel mit blonden, wallenden Haaren. Sollte sie schon Karten holen? Nein, lieber warten, bis Micha da war. Es wurde acht, und Micha war noch nicht erschienen. Sollte sie etwas missverstanden haben? Sie hatten doch ausgemacht, sich um acht am Abaton zu treffen. War Micha etwas dazwischen gekommen? Vielleicht der blonde Engel? Bea warf einen wütenden Blick auf Brigitte Bardot, aber die konnte nun wirklich nichts dafür. Zehn nach acht. Micha würde nicht mehr kommen. Fünf Minuten würde sie noch warten, dann „ade Micha". Ewig würde sie hier nicht rumstehen. Egal, wie es ihr danach ging, sie ließ sich nicht für dumm verkaufen.

„Entschuldige, ich habe mich so beeilt, aber es hat beim Training länger gedauert."

Eine atemlose Micha bog um die Ecke.

„Ich habe immer daran gedacht, dass du hier stehst und auf mich wartest, und konnte dich doch nicht erreichen."

Vor Erleichterung fiel es Bea gar nicht ein, ärgerlich zu sein.

„Ich bin froh, dass du da bist. Gehen wir rein."

Sie kauften Karten und saßen verzaubert in dem dunklen Kino, über dessen Leinwand der alte Film flimmerte.

„Ist sie nicht schön?", flüsterte Micha in Beas Richtung.

„Ja, der Alte hat sie wirklich nicht verdient. Gut, dass sie ihn verlässt."

Noch ganz im Banne des Films gingen sie danach in die Kneipe gegenüber. Heute trank Bea Cola, sie wollte einen klaren Kopf behalten.

„Was war eigentlich gestern Abend los?", fragte Micha.

Bea schluckte, sie musste wohl mit der Wahrheit rausrücken.

„Also, ich habe dich mit der Schlagzeugerin gesehen, und da dachte ich ..."

„Du dachtest, ich hätte was mit Edda?"

„Es sah so aus. Du hast doch mal gesagt, dass du auf den Typ blonder Engel stehst. Und die fällt ganz in diese Kategorie. Und weil mir das etwas ausgemacht hat, bin ich lieber gegangen."

„Also erstens, Edda ist eine gute Freundin, aber nicht

mehr. Wir kennen uns schon lange und machen zusammen Musik. Zweitens freut es mich irgendwie, dass es dir was ausgemacht hat, wobei, versteh mich nicht falsch, ich dir nicht weh tun wollte. Und drittens, wenn schon blonder Engel, dann verkörperst du das viel mehr."

„Ich?"

„Ja, du bist viel zarter und lieber als Edda, und trotzdem willensstark und mutig."

Bea errötete.

„Das ist das schönste Kompliment, das ich je gehört habe."

„Davon kannst du mehr haben, wenn du willst."

„Micha, ich habe dich vom ersten Moment an gemocht."

Micha nahm Beas Hand und streichelte sie.

„Du warst mir auch nicht gerade unsympathisch."

„Es ist nur, dass ich noch nie ..."

„Dass du noch nie mit einer Frau zusammen warst, nicht?"

„Ja. Ich hatte eine schreckliche Beziehung zu einem älteren Mann, einem Schriftsteller, der mich benutzt hat für alle möglichen miesen Zwecke, und danach nichts mehr. Du weißt ja, dass ich gerne in den Rosengarten gehe, aber außer Freundschaft verbindet mich nichts mit den Frauen."

„Bei mir ist das etwas anders. Ich habe noch nie einen Mann begehrt und wusste eigentlich immer schon, dass ich auf Frauen stehe. Aber wissen und leben sind zwei verschiedene Sachen. Ich bin in einem kleinen Ort groß geworden, da konnte man nicht einfach sagen ‚Hey Leute, ich bin lesbisch'. Meine Eltern hätten sich in Grund und Boden geschämt. Mit dem Coming-out musste ich bis nach dem Abitur warten. Aber es gab in meiner Schule eine Lehrerin, Musiklehrerin, die war lesbisch. Wir haben uns manchmal heimlich getroffen, aber das war doppelt schwer und oft quälend. Wenn sie uns erwischt hätten, wäre sie geflogen wegen Unzucht mit Abhängigen. Diese Heimlichkeiten haben wir nicht mehr ausgehalten. Ich wollte sie natürlich auch nicht gefährden."

Micha hielt inne und trank einen Schluck Cola. Bea sah sie fasziniert an. So früh hatte Micha schon gewusst, was sie wollte! Sie dagegen musste Umwege machen, und selbst jetzt war sie sich nicht ganz im Klaren darüber.

„Langweile ich dich?"

„Nein, im Gegenteil. Ich habe gerade daran gedacht, wie es bei mir war – und ist."

„Du hast Zweifel, ob du dich wirklich zu Frauen hingezogen fühlst?"

„Zweifel würde ich nicht sagen, eher Angst, weil es so anders und ungewohnt ist. Ich merke, dass mir Männer nichts bedeuten. Aber ich weiß noch nicht, wie ich mit einer Frau umgehen soll. Oder besser, wie ich mich in so einer Beziehung sehe."

„Ja, das spielt sicher immer eine Rolle, wie man in der Öffentlichkeit auftritt. Für Heterosexuelle ist das gar kein Problem, weil das angeblich das Natürliche ist. Homosexuelle müssen sich immer gleich in der Gesellschaft rechtfertigen und können froh sein, wenn sie nicht als Außenseiter betrachtet werden. Das belastet eine Beziehung manchmal, zumindest so lange, bis beide ganz fest dazu stehen und das als selbstverständlich nach außen demonstrieren."

„Vielleicht brauche ich noch Zeit dafür. Aber ich glaube, ich habe jetzt einiges verstanden."

„Lass dir so viel Zeit, wie du willst."

Micha streichelte Beas Hand.

„Ich bringe dich jetzt nach Hause, ja?"

Bea hatte nichts dagegen, dass Micha ihren Arm um sie legte. Sie fühlte sich so wohl wie schon lange nicht, und beim Abschied küsste sie Micha auf den Mund. Die erwiderte den Kuss, und ein Ziehen ging durch Beas Körper, das fast schmerzte.

„Sehen wir uns morgen?"

„Ja, bis morgen."

14

Schlaflos wälzte sich Bea im Bett hin und her, dieses Mal nicht aus Kummer, sondern aus Sehnsucht. Der Kuss hatte in ihr Gefühle erweckt, die sie nicht einmal bei Reinhold gespürt hatte. Wenn sie an Michas Haut dachte, an ihren Körper und ihr Gesicht, zog sich alles in ihr zusammen und sie hatte nur das Bedürfnis, diesen Körper zu streicheln, im Arm zu halten. Bea schlief erst ein, als es schon dämmerte.

Verflixt, schon zehn Uhr. Sie hatte verschlafen und musste schnell an die Uni laufen zu einem Seminar. Sie durfte jetzt ihr Studium nicht vernachlässigen. Ohne Frühstück sauste sie los. Aber selbst im Seminar schweiften ihre Gedanken ab, hin zu Micha. Sie zwang sich, dem Referat zuzuhören, das der Kommilitone gerade hielt. Wieder drängte sich Michas Bild in ihre Gedanken und verursachte ihr eine Gänsehaut. Es war zwecklos. Sie konnte sich nicht konzentrieren.

Statt die nächste Vorlesung zu besuchen, stahl sich Bea davon und setzte sich in ein Café. Verwirrung der Gefühle, Besessenheit – das, was sie gerade erlebte, war ihr fremd. Vielleicht war es das, was alle Liebe nannten. Dann hatte sie Reinhold nicht geliebt. Da war immer, von Anfang an, dieses Misstrauen gewesen, was sie zurückgehalten hatte. Sie hatte ihren Gefühlen nicht richtig nachgeben können. Instinkt! Der hatte dann ja auch Recht gehabt.

„Hallo Bea, auch nicht in der Vorlesung?"

Vor ihr stand ein Kommilitone, der Name fiel ihr so schnell gar nicht ein, doch, Nils hieß er. Er hatte auch mal bei der Zeitung mitgemacht.

„Hallo, Nils. Ja, ich schwänze heute."

„Darf ich mich setzen?"

„Ja, klar", antwortete Bea höflich, obwohl er sie aus ihren Gedanken gerissen hatte.

„Wie läuft's bei dir denn so mit den Klausuren?"

„Och, ganz gut. Ich kann nicht klagen."

„Denkst du schon an ein Thema für die Abschlussarbeit?"

„Ehrlich gesagt, im Moment noch nicht. Aber demnächst werde ich mich darum kümmern."

Bea hatte das Gefühl, dass Nils etwas anderes wollte, als mit ihr über Klausuren und Hausarbeiten sprechen, und nach einer kleinen Pause, die er brauchte, um Mut zu fassen, legte Nils los.

„Ich wollte dich schon lange mal fragen, ob du nicht Lust hättest, mit mir etwas essen zu gehen oder in die Disko."

Auch Männer haben Ängste, dachte Bea, immer dasselbe, die Angst abgewiesen und verletzt zu werden.

Nils schluckte, es war ihm schwer gefallen, sein Anliegen über die Lippen zu bringen. Und Bea antwortete so behutsam wie möglich.

„Sei mir nicht böse, aber ich möchte nicht. Wir können uns in der Uni treffen, im Seminar, wenn du willst, aber abends bin ich anderweitig verabredet."

Nils hatte verstanden. Er guckte ein bisschen traurig. Bea versuchte, ihm die Niederlage durch ein Lächeln zu versüßen. Aber Nils sagte nur „schade" und verschwand wieder.

Es fällt mir nicht schwer, Nein zu sagen, dachte Bea. Ich komme mehr und mehr zu dem, was ich will. Und Experimente mit Männern gehören nicht dazu. Wahrscheinlich hatte ihr Nils der Himmel geschickt, genau im richtigen Moment, damit sie noch klarer ihren eigenen Weg erkennen konnte.

Sie ging abends erst spät in den Rosengarten, als Micha schon fast fertig war mit der Arbeit. Helle würde ihr einmal später sagen, dass an diesem Abend, als sie zur Tür hereinkam und sich ihre und Michas Blicke trafen, alle Anwesenden das Gefühl hatten, als würde etwas Außergewöhnliches passieren, es sei wie eine Explosion ohne Ton gewesen. In Beas Augen muss eine Entschlossenheit gelegen haben, die alle bemerkten. Micha ließ sich gar nichts anmerken und machte ihren Job wie immer, sie sah nur ab und zu zu Bea rüber.

„Willst du eine Bank ausrauben?", sagte Helle im Spaß zu Bea.

„Würde ich heute glatt machen", erwiderte Bea lachend.

Sie wartete geduldig, bis Micha das letzte Glas gespült und den letzten Wein abkassiert hatte. Micha nahm die Schürze ab, fuhr sich mit der Hand durch die Haare und stand vor Bea.

„Gehen wir zu mir?“

„Ja.“

„Du hast es dir gut überlegt, nicht?“

„Ja.“

„Ich bin mit dem Rad da. Setz dich wieder auf den Gepäckträger!“

Es war bitterkalt, ein paar Schneeflocken fielen vom Himmel. Trotz der Mütze und der Handschuhe war Bea durchgefroren, als sie bei Micha ankamen. Im Flur der Altbauwohnung brannte Licht.

„Annette ist bestimmt noch auf. Die geht spät ins Bett. Rechts ist mein Zimmer, ich hole was zu trinken aus der Küche.“

Bea betrat das Zimmer vorsichtig, zögernd, als würde sie in eine geschützte Privatsphäre eindringen. Ein großes Bett, ein kleiner Schreibtisch mit Bücherregal, CD-Spieler und eine Menge CDs und die Instrumente, das Saxophon und die Klarinette, ein Notenständer und ein Sessel mit einem Tischchen davor. Bea setzte sich in den Sessel. Micha kam mit einer Flasche Orangensaft.

„Champagner war leider keiner da!“

„Macht nichts, ich hab von dem Whiskey neulich noch genug.“

Micha legte eine CD ein, langsame Bluesmusik.

„Komm, wir tanzen!“

Bea schmiegte sich ganz nah an Micha. Die umfasste sie mit ihren muskulösen Armen und streichelte ihre langen Haare.

„Wie Seide."

„Deine sind eher wie ein Katzenfell."

Das schwarze Fell knisterte, als Bea mit der Hand hindurchfuhr. Micha zog ihren Pullover aus, darunter kam das weiße, ärmellose Hemd zum Vorschein, das Bea so sehr mochte.

„Ich wollte schon immer gern über deine Rose streicheln. Tat das Tätowieren eigentlich weh?"

„Nicht richtig weh, es zwickte ein bisschen. Aber meine Rose ist vergleichsweise klein. Es gibt Leute, die lassen sich den ganzen Körper tätowieren. Das stelle ich mir ziemlich schmerzhaft vor."

„Weshalb eine Rose?"

„Die Rose ist die Königin unter den Blumen. Sie riecht gut und soll mich immer daran erinnern, dass man sich jeden Rosengarten selbst schaffen muss, mit viel Arbeit und Mühe. Es wird einem nichts geschenkt. Wenn man das begriffen hat, kommt man im Leben leichter zurecht."

Bea drückte ihre Lippen auf die Rose an Michas Arm. Micha nahm ihr Gesicht in die Hände und küsste sie auf den Mund, erst ganz zart, und als sie merkte, dass Bea die Küsse erwiderte, leidenschaftlicher und wilder. Bea spürte wieder dieses Ziehen im ganzen Körper.

„Zieh deinen Pullover aus! Ich möchte dich sehen."

Bea streifte den Pullover über den Kopf. Micha streichelte ihren Rücken, ihre Schultern, ihre Brust. Michas Hemd landete auf dem Boden, dann auch die Hose, schließlich tanzten sie beide nackt. Und hörten nicht auf, sich zu berühren und fielen schließlich ins Bett. Bea war wie in einem Taumel. Wie schön das war, Michas Haut zu spüren. Michas Lippen suchten sie überall. Niemals vorher hatte Bea ein solches Glück empfunden. Sie schlief in Michas Armen ein.

Als sie am Morgen erwachte, war der Platz neben ihr leer. Ob Micha schon gegangen war? Ohne sie zu wecken und ihr irgendetwas zu sagen? Sie sah auf die Uhr, es war noch früh, acht Uhr. Da steckte Micha den Kopf zur Tür rein.

„Aufstehen! Frühstück ist fertig!"

„Du bist aber früh dran."

„Die Musikhochschule wartet. Ich muss die Stunden ausnutzen, die ich dort habe, üben kann ich auch zu Hause."

„Ich stehe schon auf."

„Wenn du lieber liegen bleiben willst, ist auch kein Problem. Zieh die Tür einfach hinter dir zu."

„Nein, nein, ich komme. Ist gut so, ich müsste auch an die Uni."

In der Küche stand der Kaffee auf dem Tisch. Michas Mitbewohnerin Annette saß auch schon da. Die schienen hier alle Frühaufsteher zu sein.

„Guten Morgen", grüßte Bea.

Micha stellte sie vor.

„Und das ist Annette, sie studiert Biologie und spielt ziemlich gut Gitarre, du musst sie mal hören, wenn sie auftritt."

„Ach was, nur laienhaft", beschwichtigte Annette.

„Ich muss dann los."

Micha hatte nur einen Kaffee getrunken und zog sich die

Jacke an. Als Bea sie ein wenig verwirrt ansah, kam sie noch einmal zurück und küsste Bea auf den Mund.

„Wir sehen uns."

Weg war sie.

Bea blieb mit Annette in der Küche sitzen. Eigentlich hatte sie gehofft, mit Micha in Ruhe frühstücken und dann noch irgendetwas unternehmen zu können. Zur Feier des Tages. Für sie zumindest hatte der Tag etwas Feierliches. Ihr war etwas ganz Neues passiert. Da konnte sie nicht einfach so in den Alltag zurückkehren. Sie hatte zum ersten Mal mit einer Frau geschlafen. Sie war verliebt in Micha. Ihr ganzes Leben schien umgekrempelt. Sie hatte das Bedürfnis, der Welt das mitzuteilen, zu zeigen, dass sie und Micha ein Paar waren. Und nun saß sie hier allein in der Küche.

„Ich geh dann auch mal nach Hause. Ciao, Annette."

Obwohl noch ein leichter Nebel in der Luft lag, schien Bea der Tag wie vergoldet. Als sie an der Alster entlangging, kämpften sich erste Sonnenstrahlen durch den Dunst. Sie konnte jetzt nicht zur Uni gehen. Vielleicht war Corinna zu Hause. Sie wollte mit jemandem reden.

Sie hatte Glück. Corinna räumte in der Küche das Geschirr weg.

„Irre ich mich oder warst du heute Nacht nicht zu Hause?"

„Du irrst dich nicht. Hast du es eilig, musst du weg?"

„Nicht so dringend. Was gibt es denn?"

„Ich ... ich liebe eine Frau."

„Du meinst, du hast Sex gehabt mit einer Frau?"

„Nicht nur. Aber das auch, ja. Ich bin total verliebt in sie.

Bei Reinhold hat mir irgendwie immer etwas gefehlt, ich wusste nur nicht was. Jetzt ist es ganz anders, jetzt ist es vollständig."

„Ist es Helle?"

„Nein, Micha, ich glaube, du hast sie noch nicht gesehen. Aber mich verwirrt das Ganze auch. Ich meine, so alltäglich ist das ja auch nicht."

„Wenn deine Gefühle stimmen, wenn du merkst, dass es für dich das Richtige ist, musst du dazu stehen, auch nach außen. Du weißt, dass ich, und auch Simon, dass wir in der Hinsicht keine moralischen Schranken gesetzt haben. Wir waren immer der Meinung, jeder und jede muss über sein oder ihr Geschlechtsleben selbst entscheiden. Aber die Mehrzahl der Menschen denkt da vielleicht anders. Und möglicherweise musst du mit Schwierigkeiten in der Öffentlichkeit rechnen, wenn ihr euch woanders zeigt als gerade im Rosengarten. Aber wenn du sie wirklich magst, wirst du die Hürde überwinden."

„Es ist nur, dass es für Micha viel selbstverständlicher ist als für mich. Ich muss mich selbst erst an diesen Gedanken gewöhnen. Und ich weiß auch gar nicht, wie ernst es ihr ist mit uns."

„Das weiß man vorher nie, in keiner Beziehung. Probier es aus!"

Mit leichtem Herzklopfen ging Bea abends in den Rosengarten. Die Befangenheit verflog sofort, denn Micha kam gleich auf sie zu und küsste sie auf den Mund, ein sichtbares Zeichen für alle anderen.

„Tut mir Leid, dass ich heute Morgen so schnell weg musste, das holen wir nach, ja?“

Von da an schlief Bea fast jede Nacht bei Micha. Sie ging nur noch nach Hause, um neue Kleidung zu holen oder Unterlagen für die Uni, die sie dringend brauchte. Nach ein paar Wochen kündigte Micha eine Veränderung an.

„Annette hat mir heute gesagt, dass sie ausziehen will. Sie hat jemanden kennen gelernt und meint, das sei die Liebe fürs Leben. Und da dachte ich, dass du vielleicht ihr Zimmer nehmen willst. Du wohnst ja praktisch schon hier.“

„Das wäre fantastisch!“

Bea konnte ihr Glück kaum fassen. So gut wie in der letzten Zeit war es ihr in ihrem Leben noch nie gegangen.

„Aber was sagt Dorothee dazu? Hast du sie schon gefragt?“

Dorothee war die dritte Mitbewohnerin, Philosophiestudentin, sehr still und in sich gekehrt.

„Sie hat gar nichts dagegen. Ihr versteht euch doch ganz gut, oder?“

„Ja, ich füttere auch immer ihre Katze“, lachte Bea.

„Corinna, ich muss dir etwas sagen“, begann Bea am Abend, ihre Mutter auf ihren Auszug vorzubereiten.

„In Michas Wohnung zieht jemand aus und ich könnte das Zimmer haben.“

„Das heißt, du gehst von uns weg?“

Corinna hatte Bea in allem unterstützt und ermutigt, ihren Weg zu gehen. Nach dieser Botschaft sah sie auf einmal ganz traurig aus.

„Ich bin doch nicht aus der Welt, ich wohne ein paar Straßen weiter und ich komme immer zu Besuch, versprochen."

„Ist schon gut. Du bist zweiundzwanzig, in dem Alter habe ich längst in einer Wohngemeinschaft gewohnt, weit weg von zu Hause. Natürlich verstehe ich, dass du mit Micha zusammenleben möchtest. Es ist nur komisch für mich, wenn du gehst, so als würde ein Teil von mir gehen. Das sind wohl Muttergefühle, kann man gar nichts machen."

Bea nahm Corinna in die Arme.

„Ich habe dich sehr gern, daran ändert auch die Entfernung nichts."

„Und ich wünsche dir Glück für den neuen Lebensabschnitt."

Ein paar Möbel nahm Bea mit, einige Sachen kaufte Corinna ihr neu. Ihr altes Zimmer sollte so bestehen bleiben, dass sie jederzeit wieder zurück konnte, ein Trost für beide.

Aber fürs Erste war kein Gedanke daran.

„Micha, wirf mir mal die Lampe rüber!"

„Hier, fang auf!"

„Nein, nicht wirklich werfen!"

„Aber das!"

Und schon hatte Bea ihr Federkissen am Kopf, holte damit aus und traf Micha am Bauch. Die nahm das Kissen an die Brust und tanzte damit im Zimmer herum.

„Mach mal Musik an, das ist lustiger."

Bea stellte den CD-Spieler an, Micha zog sie an sich, und so tanzten sie ausgelassen in der Wohnung herum. Bis von unten Klopfgeräusche an die Decke geschickt wurden.

„Frau Sebald mit ihrem Schrubber", kicherte Micha. „Das macht sie immer, wenn wir zu laut sind."

Atemlos fielen sie aufs Bett, da platzte das Kissen an einer Seite auf und die Daunen stoben heraus wie Schnee in einer Kugel.

„Hey, ein Schneesturm, und wir beide allein in der Arktis. Wir müssen uns einen Iglu bauen, sonst kommen wir um in dem Sturm."

Micha nahm die Bettdecke und machte ein Zelt daraus.

„So, jetzt sind wir geschützt auf unserer Polarexpedition. Wind und Wetter können uns nichts anhaben und auch die Schneewölfe und -leoparden nicht. Die lauern da draußen und wollen uns fressen. Sie kriegen uns aber nicht."

„Micha, ich liebe dich."

„Ich liebe dich auch."

15

Es war Sommer geworden und wieder Herbst. Bea konnte ihr Glück mit Micha kaum fassen. Im Rosengarten hatte sich auf Beas Initiative hin eine Theatergruppe gebildet, die sie auch als Regisseurin leitete. Sie übten kleine Stücke ein, um sie dann dem Publikum vorzuführen. Manchmal spielte Micha dazu auf dem Saxophon Musik, die sie selbst komponiert hatte.

Beas Studium ging dem Ende entgegen. Sie schrieb den Winter über ihre Hausarbeit, dann bereitete sie die mündlichen Prüfungen vor, die sie, wie alles andere, mit Bravour bestand. Das musste gefeiert werden, natürlich im Rosengarten. Micha schmückte den Raum mit Girlanden, überall standen Kerzen, und am Abend machte Cordula den Diskjockey.

Der Abend war schon fortgeschritten, als Beas Ausgelassenheit jäh ins Stocken geriet. Die Tür ging auf und der blonde Engel trat ein, die Schlagzeugerin – Bea hatte den Namen vergessen –, die sie seit dem Auftritt der Band nicht mehr gesehen hatte. Damals war sie eifersüchtig gewesen, weil sie den Eindruck hatte, dass sich zwischen ihr und Micha etwas abspielte. Micha hatte ihr versichert, dass das nicht der Fall war. Wieso musste die ausgerechnet heute Abend auftauchen? Schon hatte sie Micha entdeckt und ging schnurstracks auf sie zu. Bea beobachtete, wie sie Micha einen Kuss auf beide Wangen gab und schon wieder, wie damals, den Arm um sie legte. Bea begann innerlich zu kochen. Die machte ihr den Abend kaputt. Was wollte die von Micha? Bea hörte auf zu tanzen und stellte sich an die Bar. Ihre Stirn zog sich in Falten.

„Ist dir eine Laus über die Leber gelaufen?", fragte Lena an der Theke. „Trink noch ein Glas, das hebt die Stimmung. Heute, an deinem großen Tag."

„O.k., gib mir ein Glas Wein."

Micha war immer noch mit der Blonden beschäftigt, richtig, Edda hieß sie, einmal hatte Micha ihren Namen genannt. Sie waren ins Gespräch vertieft.

„Komm tanzen, Bea, steh da nicht so rum!"

Helle zog sie am Arm auf die Tanzfläche. Bea bewegte sich mechanisch zur Musik.

„Es gibt keinen Grund, sauer zu sein. Sie kann doch mal mit einer anderen reden", sagte Helle beschwörend in Beas Ohr. Helle hatte genau erkannt, was Bea zu schaffen machte.

„Ich hab kein gutes Gefühl, hatte ich damals schon nicht."

Wieder ein Blick aus dem Augenwinkel. Bea sah gerade noch, wie Micha mit Edda hinausging. Das war doch die Höhe! Micha ließ sich von der mitschleifen, und das heute, wo sie feiern wollten. Das war ihr gründlich verdorben. Am liebsten wäre sie nach Hause gegangen. Aber nach Hause, das hieß ja in die gemeinsame Wohnung. Zum ersten Mal spürte sie ein Unbehagen. Es wäre ihr lieber, sie müsste Micha heute Nacht nicht mehr begegnen. Sie könnte zu Corinna gehen, in ihr altes Zimmer. Corinna hatte ihr angeboten, dass sie jederzeit kommen könnte. Ja, das wäre die Lösung. Sie war so enttäuscht und wütend, dass sie gern allein wäre.

„Sei mir nicht böse, Helle, mir ist irgendwie alles verdorben. Ich gehe nach Hause. Ich weiß, ich sollte nicht kneifen, aber heute geht es nicht anders. Sag den anderen noch mal vielen Dank für den Abend. Ist vielleicht blöd von mir, aber ich halte es nicht aus, die beiden zusammen zu sehen."

„Ich glaube, du machst einen Fehler, aber das musst du selbst wissen."

Bea stand auf der Straße, von Micha und Edda keine Spur. War auch besser so, dann musste sie das wenigstens nicht mit ansehen. Sie rief von einer Telefonzelle aus Corinna an und fragte sie, ob sie in ihrem alten Zimmer schlafen könne.

„Du kannst jederzeit kommen", sagte Corinna ohne irgendeinen Kommentar, „du hast ja den Schlüssel."

Nach über einem halben Jahr kehrte Bea zum ersten Mal ins elterliche Heim zurück. Sie fühlte sich von Micha verletzt und im Stich gelassen. Was immer mit Edda war, Micha hätte ihr wenigstens Bescheid sagen oder sie mit einbeziehen können. Einfach wegzulaufen, das war unmöglich.

„Kummer?", fragte Corinna, und Bea nickte nur. Jetzt liefen ihr auch die Tränen aus den Augen, die sie bisher unterdrückt hatte.

„Leg dich hin, ich koche dir einen Tee, und morgen sieht die Welt wieder anders aus."

Wie früher, als sie klein war, strich ihr Corinna über die Haare, als sie im Bett lag, und für einen Moment fühlte sich Bea geborgen, wohl wissend, dass dieses Gefühl nicht andauern und sie morgen den Tatsachen und Micha würde ins Auge blicken müssen. Verschieben wir's auf morgen, dachte Bea, lächelte kurz und schlief ein.

„Bea, Telefon!"

Corinnas Rufen weckte sie. Schlaftrunken wankte sie in den Flur, wo Corinna ihr den Hörer reichte.

„Ja?"

„Da bist du! Ich habe mir Sorgen gemacht, als du nicht nach Hause gekommen bist."

„Du hast mir auch nichts gesagt, als du aus dem Rosengarten verschwunden bist, zumal nicht allein."

„Ich war nicht lange weg und bin zurückgekommen. Da warst du schon weg."

„Ich hatte keine Lust, den Abend allein zu verbringen."

„Bea, hör auf! Ich musste Edda kurz helfen, die steckt in einer ziemlich blöden Situation."

„Du hättest wenigstens ein Wort sagen können."

„Es musste schnell gehen. Ich hätte es dir hinterher schon erzählt."

„Es sah nicht so aus, als ob es ein hinterher geben würde."

„Weißt du, Edda geht es schon seit einer Weile nicht gut."

„Was? Du hast sie getroffen in letzter Zeit?“
„Ja, ich habe sie ein paar Mal getroffen.“
„Das hast du mir nicht gesagt.“
„Ich weiß doch, dass Edda für dich wie ein rotes Tuch ist. Wenn ich dir gesagt hätte, dass ich sie treffe, wärst du an die Decke gegangen.“
„Ach, und dann verheimlichst du es lieber.“
„Es ist doch gar nichts mit Edda. Du regst dich umsonst auf.“
„Du kannst mir nicht erzählen, dass die nichts von dir will. Ich habe doch Augen im Kopf.“
„Vielleicht will sie was von mir. Ich jedenfalls will nichts von ihr, und das weiß sie auch. Aber in diesem Fall musste ich ihr helfen. Ihr Bruder ist drogenabhängig und taucht immer wieder bei ihr auf. Sie weigert sich, ihm Geld zu geben, hat aber immer ein schlechtes Gewissen. Jetzt hat er ihr die Wohnung ausgeräumt, unter anderem auch ihr Schlagzeug mitgenommen und verkauft. Sie weiß einfach nicht mehr, was sie machen soll.“
„Aha. Und da musstest du ihr beistehen.“
„Sie hat überlegt, ob sie zur Polizei gehen sollte. Aber sie kann ja schlecht ihren Bruder anzeigen. Komm, Bea, sei nicht so nachtragend. Es gibt auch gar keinen Grund, sauer zu sein.“
„Trotzdem hättest du es mir sagen können, bevor du einfach abhaust.“
„O.k., hätte ich tun sollen. Komm zurück nach Hause. Deine Eifersucht ist dumm und unbegründet. Und dein Weglaufen macht die Sache auch nicht besser.“

Bea schmollte noch ein bisschen, wurde aber zunehmend besänftigt.

„Ich bin in zwei Stunden da."

„Lass dir Zeit, ich muss zur Musikhochschule und bin erst am Nachmittag wieder zu Hause. Dann sollten wir noch mal miteinander reden."

„Gut, dann bis heute Nachmittag."

Sie hatte sich ziemlich blöd benommen. Immer diese Eifersucht! Warum hatte sie nicht mehr Vertrauen zu Micha? Aber wenn sie die beiden sah, konnte sie rasend werden. Vielleicht lag das auch daran, dass sie selbst Edda so schön fand. Sie konnte sich gar nicht vorstellen, dass Micha ihr widerstehen könnte.

Bea kaufte einen großen Blumenstrauß und Kuchen, bevor sie in die Wohnung zurückging, und wartete auf Micha. Die kam am Nachmittag, Bea umarmte sie und bat um Verzeihung.

„Es geht nicht darum, dass ich dir verzeihe. Ich habe manchmal das Gefühl, du willst mich einschränken, und das möchte ich nicht. Edda ist eine Freundin von mir, und ich treffe sie heimlich, weil ich weiß, dass du dich aufregst, wenn du davon erfährst. Hör auf mit diesem Misstrauen, Bea. Das tut uns beiden nicht gut."

„Ja, ich weiß", murmelte Bea zerknirscht.

„Na ja, lassen wir das. Ich habe auch eine gute Nachricht. Du weißt, dass ich mich beworben habe an der Academy of Music in New York wegen eines Zusatzstudiums. Die sind spezialisiert auf Saxophon. Und heute habe ich eine Antwort bekommen, dass ich zum Probespielen kommen soll.

Und da hab ich gedacht, da fahren wir zusammen hin und machen New York unsicher. Das Geld für den Flug kriegen wir schon irgendwie zusammen. Was meinst du?"

„Micha, das wäre ja klasse! Nach New York! Das war schon lange mein Traum. Die Zeit jetzt ist auch günstig, bevor ich mir eine Arbeit suche."

„Dann würde ich sagen, buchen wir morgen einen Flug. In zwei Wochen soll ich vorspielen."

„Ich freue mich so!"

Bea sprang auf und schlang ihre Arme um Micha.

„Ich war eine Idiotin. Sei nicht mehr böse!"

Aus der Umarmung wurde ein inniger Kuss, ihre Lippen verschmolzen miteinander. Schließlich lagen sie auf Beas Bett, und Micha rang nach Luft.

„Du erstickst mich ja! Wenn du so weitermachst, musst du allein nach New York fliegen."

„Auf gar keinen Fall", lachte Bea, „da lasse ich dir lieber ein bisschen Luft. Jedenfalls vorübergehend."

Zwei Wochen später saßen Bea und Micha in einer Maschine nach New York, das heißt sie landeten in Newark in New Jersey und nahmen den Bus nach Manhattan. Bea hatte das Geld für den Flug von Corinna bekommen, sozusagen als Geschenk zum bestandenen Examen.

„Jetzt müsste man gleich die Skyline sehen", flüsterte Bea fast andächtig.

Und da erschien sie schon. Was sie so oft auf Fotos gesehen hatte, stand nun leibhaftig vor ihr.

„Ich kann es kaum fassen, dass wir hier sind."

„Hast du alles mir und dem Saxophon zu verdanken“, scherzte Micha.

Der Bus fuhr in Manhattan ein. An der Grand Central Station stiegen sie aus, von dort waren es nur wenige Schritte zu der kleinen Pension, in der die Academy of Music ein Zimmer reserviert hatte. Bea ließ sich aufs Bett plumpsen.

„Sag mir, dass ich nicht träume!“

Micha kniff in Beas Arm.

„Wenn du was merkst, träumst du nicht.“

Das Zimmer war winzig klein, zwei Betten, ein Schrank, ein Waschbecken, das war alles, Toilette und Dusche gab es auf dem Flur.

„Ich möchte gleich was von der Stadt sehen. Lass uns nicht hier auf dem Zimmer rumsitzen!“

„O.k., auf zum Broadway!“

Sie gingen die 44. Straße bis zum Broadway und waren schon auf der Theatermeile, ein Musical und Theater neben dem anderen. In großen Lettern und Plakaten machten die Veranstalter auf ihre Vorführungen aufmerksam. Und was für Leute hier rumliefen! Einige Skater schlängelten sich durch die Fußgängermasse, am Rande sah man Obdachlose unter einem Schutz aus Pappe liegen. Menschen verschiedener Hautfarben, gepiercte, tätowierte, bemalte, Menschen in Designerklamotten oder im Trainingsanzug, in überdimensionalen Hosen oder Jacken, im Dschungeldress oder Militäroutfit, es gab einfach alles, und alles war selbstverständlich – kein böser Blick, kein Unverständnis. In Deutschland hätten sich die Leute auf der Straße vermutlich umgedreht, wenn sie die hier gesehen hätten.

„Ich glaube, man könnte nackt rumlaufen, das würde keinem auffallen“, meinte Bea.

Sie gingen an der berühmten Carnegie Hall vorbei, der Musikhalle, wo alle Showgrößen einmal aufgetreten sind, bis zum Central Park.

„So groß habe ich mir den gar nicht vorgestellt! In Filmen sieht man immer nur einen Ausschnitt.“

Die Bäume waren jetzt im März noch kahl, einige vorwitzige grüne Spitzen schauten heraus, Vorboten des Frühlings.

„Lange können wir nicht rumlaufen, es ist noch ziemlich kühl.“

„Suchen wir ein Café, in dem wir uns aufwärmen können.“

In einer Nebenstraße fanden sie ein typisch amerikanisches Lokal, wo man Hotdogs und Hamburger bekam und auch Kaffee.

„Uh, der hat mit Kaffee auch nur den Namen gemeinsam.“

Micha rümpfte die Nase.

„Der berühmte amerikanische Wasserkaffee! Dafür kann man viel davon trinken! Was wollen wir eigentlich heute Abend unternehmen?“

„Ich würde furchtbar gern einmal in die berühmte Knitting Factory, Jazz hören. Da spielen die, die entdeckt und dann zu Berühmtheiten werden. Aber Jazz ist nicht so deine Sache. Ich habe gelesen, dass es hier jede Menge heiße Diskotheken gibt. Die können wir uns ja mal ansehen. Und da mein Vorspielen erst übermorgen ist, kann ich mir das heute leisten.“

Sie landeten in einer Disko namens „The Tunnel“, die gerade groß in Mode schien, denn alle, die sie fragten, verwiesen auf dieses Lokal. Man ging eine Treppe runter und befand sich in einer Art Labyrinth, bestehend aus sechs Tanzflächen und fünf Bars. Auffallend war, dass wenige Leute Alkohol tranken, und Nichtraucher waren in der Überzahl. Bea und Micha stürzten sich ins Getümmel.

„Hey, ich hab dich noch nie hier gesehen. Bist du neu?“

Ein großer, blonder Amerikaner sprach Bea an, die ihre Englischkenntnisse zusammenkramte und antwortete, dass sie aus Deutschland komme. Das war bestimmt eine Masche von dem. Der konnte doch nicht alle Leute kennen, die hier ein- und ausgingen.

„Oh, aus Deutschland. Ferien in New York, ja?“

„Ferien nicht so direkt. Meine Freundin spielt hier vor, bei der Academy of Music, Saxophon und Klarinette.“

Der junge Mann pfiff anerkennend durch die Zähne.

„Gute Adresse.“

„Ist vorerst nur ein Vorspielen. Und du, lebst du in New York?“

„Hm. Ich bin hier geboren. Und komme vermutlich nie ganz weg. Ich schimpfe immer über die Stadt, das Chaos und die Überfüllung, aber in Wahrheit mag ich sie. Habt ihr morgen schon was vor?“

Bea war immer noch ein wenig misstrauisch.

„Ich glaube nicht, aber ich frage zuerst meine Freundin.“

„Wenn ihr wollt, zeige ich euch ein bisschen was von New York.“

„Hast du denn Zeit?“

„Die würde ich mir nehmen. Ich arbeite in einem Musikverlag, mache die Verträge mit den Musikern und so weiter. In den Arbeitszeiten bin ich relativ frei."

„Das wäre toll. Wie heißt du eigentlich?"

„John, John Bancroft."

„Ich bin Bea. Wenn du einen Moment wartest, hole ich meine Freundin."

Bea kam mit Micha zurück.

„Das ging aber schnell, dass du hier einen Mann aufgabelst."

„Der ist nett, arbeitet in einem Musikverlag und heißt John."

„Das ist meine Freundin Micha."

„Hi, Micha."

Und schon war Micha im Gespräch mit John über die Musikbranche, und Bea begab sich wieder auf die Tanzfläche. John war wirklich nett. Trotz ihrer schlechten Erfahrungen mit Männern hatte Bea bei ihm ein gutes Gefühl.

Um vierzehn Uhr am Nachmittag hatten sie sich mit John verabredet. Er hatte ihnen einen Ausflug versprochen. Sie trafen sich mit ihm an der Schiffsanlegestelle am Battery Park.

„Wir machen einen kurzen Abstecher zur Freiheitsstatue und fahren dann weiter nach Ellis Island. Das müsst ihr gesehen haben. Was jetzt ein Museum ist, war früher die Station für Einwanderer. Diese kleine Insel an der Südspitze Manhattans war das Erste, was sie von Amerika gesehen haben."

Auf dem kleinen Schiff wehte ihnen der Wind um die Nase. Sie stiegen auf die Freiheitsstatue und hatten die Hochhäuser Manhattans im Blick.

„Da liegt die Börse“, erklärte John, „und da seht ihr die Brooklyn Bridge.“

Dann ging es weiter zu dem Museum auf Ellis Island. Die Räume waren so wieder hergerichtet, wie sie früher gewesen waren, Schlafsaal, Küche, Krankenstation, Toiletten. Tausende von Dokumenten zeigten die Schicksale der Immigranten, die aus verschiedenen Gründen ihre Länder verlassen mussten und in Amerika Asyl suchten. John war ein geduldiger Führer und schien Spaß daran zu haben, den beiden Frauen alles zu erklären.

„Ich glaube, der hat sich in dich verguckt“, flüsterte Bea Micha zu.

„Ich dachte, in dich“, zischelte Micha zurück.

„Sollen wir ihn aufklären?“

„Ach was, wozu? Lassen wir ihn in dem Glauben, es gäbe was zum Erobern.“

Wie ein heißblütiger Eroberer benahm sich John allerdings nicht, sondern sehr gentlemanlike. Und nachdem das Schiff wieder auf dem Festland angelegt hatte, brachte er die beiden zur U-Bahn, gab ihnen seine Telefonnummer mit dem Hinweis, sie könnten ihn jederzeit anrufen, und verabschiedete sich.

„So ein netter Typ. Manchmal ist es fast schade, dass Männer nicht in Frage kommen. Ein paar brauchbare männliche Wesen scheint es ja doch zu geben, zumindest hier!“

„Wohl wahr.“

„Wir können ihn ja noch mal anrufen und etwas mit ihm unternehmen."

„Aber nicht heute Abend. Morgen muss ich fit sein."

16

Um vierzehn Uhr war Micha zum Vorspielen bei der Academy of Music bestellt. Den ganzen Morgen rannte sie aufgeregt herum und antwortete auf Fragen nur bruchstückhaft. Bea versuchte, sie zu beruhigen, aber Micha sagte, sie brauche die Aufregung, das wirke sich positiv auf ihre Konzentration aus.

„Aber einen kleinen Spaziergang durch den Central Park könnten wir machen, oder?“

Damit war Micha einverstanden. Merkwürdig, wie ruhig es in dem Park war, mitten im Moloch Manhattan. Man merkte nichts von dem Verkehr, war im Grünen und konnte den Eichhörnchen zusehen, die in New York nicht braun, sondern grau waren. Die Sonne kam heraus und ließ an Frühling denken, und die Knospen der Blätter standen kurz vor dem Platzen.

„Sag mal“, begann Bea, „was wird eigentlich, wenn sie dich nehmen an der Academy?“

„Dann kann ich dort ein Jahr lang ein Anschlussstudium

machen. Das ist eine der berühmtesten Musikschulen der Welt. Außerdem hat man hier in der Musikszene viel bessere Möglichkeiten, in einer Band zu spielen."

„Das meine ich nicht. Ich meine, was wird mit uns?"

„Müssen wir das jetzt erörtern? Es gibt im Grunde nur zwei Möglichkeiten: Entweder du kommst mit oder du bleibst in Hamburg. Aber noch haben sie mich nicht genommen und ob sie das tun, ist mehr als zweifelhaft. Ich habe nur diese eine Chance heute. Mach dir also keine Gedanken über etwas, was vermutlich nicht eintrifft."

Bea machte sich aber Gedanken. Gut, es war jetzt nicht der richtige Zeitpunkt, und sie wollte Micha vor dem Vorspielen nicht damit belasten. Aber die Frage stellte sich früher oder später. Und wenn es nicht New York wäre, würde Micha woanders hingehen. In Hamburg hatte sie nicht die Möglichkeiten weiterzukommen mit ihrer Musik. Das sah Bea schon ein. Aber was war mit ihr? Sie konnte dann praktisch nur Ja oder Nein sagen zu einem Umzug. Sie wäre ständig gezwungen, sich nach Micha zu richten, hierhin oder dahin zu gehen, je nachdem, wo Michas Chancen am besten wären. Nach ihren Bedürfnissen würde keiner fragen. Reisen, klar, das wäre schön, aber nirgends zu Hause zu sein? Außerdem, was sollte sie beruflich machen? Ihre Ausbildung würde doch in den USA gar nicht anerkannt, sie könnte hier nie als Sozialpädagogin arbeiten. Was sollte sie dann tun? Nur herumjobben? Das konnte sich wiederum Bea nicht vorstellen. Sie wollte etwas Sinnvolles tun, sich sozial engagieren, keinesfalls ein Anhängsel sein. Na gut, abwarten, was die Academy sagte. Aber Bea sah, dass es nur eine Frage der Zeit wäre, wann sie sich diesem Problem stellen musste. Das machte sie traurig und sie wusste gar nicht genau, ob sie Micha für das Vorspielen die Daumen drücken sollte oder nicht.

„Was ist denn mit dir auf einmal los? Du bist so schweigsam."

„Ach nichts. Ich überlege nur, ob ich hier leben könnte."

„Hör auf damit, das hat keinen Sinn. Außerdem kann ich das jetzt überhaupt nicht gebrauchen."

„O.k., ich höre schon auf. Du musst dich auf dein Spiel konzentrieren", sagte Bea, dachte aber mit leichter Bitterkeit: Sie setzt die Regeln, und ich muss mich danach richten.

„Sieh mal die vielen Jogger hier, als würde halb Manhattan rennen. Ich glaube, die sind sehr auf Gesundheit bedacht, nicht rauchen, nicht trinken, viel Sport."

Micha hatte gemerkt, dass Beas Gedanken in einer unbestimmten Zukunft weilten, und versuchte, sie auf die Gegenwart zu lenken, mit Erfolg.

„Ja, komisch, einerseits gibt es viele richtig dicke Menschen, und die anderen hängen der Fitnessbewegung an. Die scheinen hier kein Mittelmaß zu kennen."

„Und selbst Dicke joggen. Schau dir mal die an!"

Micha wies auf eine Frau, die förmlich aus ihrem Trainingsanzug quoll.

„Hoffentlich kriegt die keinen Herzinfarkt. Ob das gesund ist?"

„Allmählich gehen wir besser wieder zurück. Ich muss mein Saxophon holen und möchte gern eine Stunde vorher da sein, um mich etwas umzuschauen."

Gegen Mittag machten sie sich auf den Weg zur Academy, die nicht weit vom Broadway entfernt lag.

„Wie ist es mit Essen? Wir könnten in einen Imbiss gehen."

„Nein, ich bin zu aufgeregt, ich kann vorher nichts essen."

Dann stiegen sie die Treppen zu dem Raum hinauf, in dem das Vorspielen stattfinden sollte. Auf der Bank davor saßen einige junge Leute, manche mit, manche ohne Instrument, und warteten. Micha setzte sich dazu.

„Soll ich hier bleiben oder willst du lieber allein sein und ich hole dich danach ab?"

„Hol mich ab, ich kann jetzt auch nicht reden."

„Gut. Dann bis später."

Zwei Stunden allein. Während Micha den alles entscheidenden Moment durchlebte. Bea schlenderte am Rockefeller Center vorbei bis zur Fifth Avenue mit ihren Edelgeschäften und Boutiquen. Merkwürdig, das hatte sie noch nie wirklich interessiert, klar, mal eine hübsche Bluse oder einen tollen Rock, aber dass sie wild auf Klamotten wäre, wie so viele andere Frauen, das konnte sie nicht sagen. Nicht einmal in der Schulzeit war das so gewesen. Und wenn sie jemanden schön fand, so wie Micha, dann genügte auch ein Unterhemd. Sie sah die Kleider, die da in den Schaufenstern ausgestellt waren, als Kunstwerke an. Was da alles geschlungen und drapiert, in Falten gelegt und glatt gezogen war, aus Seide und Leinen, grob oder fein, ganz in schwarz oder in leuchtenden Farben und mit Namen wie Chanel, St. Laurent, Armani oder Jil Sander! Bea betrachtete die Objekte ohne Begehren.

Ihr Blick fiel auf eine Uhr. Jetzt musste Micha dran sein.

Und jetzt drückte sie Micha doch ganz uneigennützig die Daumen und wünschte, dass sie es schaffen möge. Egal, was mit ihnen hinterher passierte. Wenn es ihr wichtig war!

Langsam schlenderte Bea zurück zur Academy, setzte sich auf die Bank in dem langen Flur und wartete. Dann kam Micha raus, ohne eine Miene zu verziehen. Bea ging auf sie zu und nahm sie in die Arme.

„Wie war es?"

„Ich habe keine Ahnung, wie ich angekommen bin. Die zeigen keine Regung. Ich selbst hatte das Gefühl, ich war ganz gut. Vielleicht ein bisschen weniger gut, als ich sein könnte, weil ich aufgeregt war, aber nicht schlecht."

„Wann bekommst du das Ergebnis?"

„Das wird uns in zwei Wochen zugeschickt."

„Oh, zwei Wochen warten."

„Ja, es wäre besser, wir könnten das so lange vergessen."

„Gut, vergessen wir es. Genießen wir die paar Tage in New York und warten ab, was danach kommt."

Das taten sie dann auch. Sie liefen kreuz und quer durch Manhattan, über die Brooklyn Bridge, fuhren hoch auf das Empire State Building und hatten New York zu Füßen liegen, sie sahen sich die Börse an und schlenderten durch Little Italy und Chinatown. Staunend betrachteten sie die chinesischen Läden mit Waren aller Art, vom Kochgeschirr bis zur Kräutermedizin, sie aßen Nudelsuppe und Pekingente vom Grill, Reiskuchen und Fischbällchen.

Einmal riefen sie John an und vereinbarten ein Treffen mit ihm am Abend. Er führte sie in ein Lokal, eine Mischung aus

Bar und Disko, in dem lesbische Frauen und schwule Männer verkehrten.

„Es war ein kleines Risiko, aber ich glaube, ich liege mit meiner Einschätzung richtig, oder?"

„Goldrichtig", bestätigte Micha, und dann lachten sie alle drei.

„Darf ich euch meinen Freund Rudi vorstellen?"

Ein gut aussehender, dunkelhaariger, etwa dreißigjähriger Mann kam auf John zu und küsste ihn auf den Mund.

„Sehr erfreut", beteuerten Micha und Bea.

„Und wir dachten, du hättest es auf eine von uns abgesehen."

„Da hätte ich wohl Pech gehabt. Nein, irgendwie habe ich eine Antenne dafür."

Es wurde ein sehr schöner, lustiger Abend. Später gab es eine Show von einer Transvestitengruppe. Sie traten erst als Nonnen verkleidet auf, warfen dann die Kutten ab und tanzten in Glitzerkostümen zu Disko-Orgelmusik.

Bea und Micha bedauerten, dass sie am nächsten Tag zurückfliegen mussten. Mit John und Rudi hätten sie bestimmt noch viel Spaß gehabt.

„Wer weiß", sagte Micha beim Abschied, „vielleicht will es das Schicksal, dass wir uns schon bald wiedersehen."

Sie tauschten Adressen aus und winkten sich auf der Straße noch ein letztes Mal zu.

Am nächsten Morgen flogen sie zurück nach Hamburg.

Ein grauer Märzhimmel erwartete sie – und der Alltag. Bea besuchte Corinna und Max und erzählte von New York.

Auch Simon kam dazu, der aus der gemeinsamen Wohnung ausgezogen war und mit seiner jetzigen Freundin zusammenlebte, sich aber hauptsächlich im Ausland aufhielt.

Und Bea kümmerte sich um eine Arbeitsstelle. Sie sah sich Heime an für schwer erziehbare Jugendliche oder Straffällige, Altentagesstätten und Institutionen der Drogenberatung. Schließlich entschied sie sich für eine Fixerstube in Altona, die dringend Verstärkung brauchte. Thomas, so hieß der Leiter, war praktisch mit einem Streetworker alleine und konnte den Andrang nicht bewältigen.

„Du darfst nicht vergessen, dass wir hier Essen und Spritzen ausgeben, aber auch immer Zuspruch und Beratung. Es ist nur eine Linderung und Verwaltung der Misere. Unser unerreichbares Ziel ist es, die Leute von der Nadel wegzukriegen. Das schaffen wir natürlich nie, aber wir müssen es im Kopf haben. Aber was erzähl ich dir da, das weißt du ja selbst."

Ja, das wusste Bea, aber sie musste sich trotzdem erst wieder an die Arbeit gewöhnen, an den Umgangston, an die Erfolglosigkeit des Tuns und die täglichen Enttäuschungen. Sie wühlte sich hinein in den Job, blieb am Abend länger als sie musste, und kam am Morgen eher. Sie hörte sich die Geschichten an, die die Drogensüchtigen ihr erzählten und hatte für jeden ein nettes Wort.

Insgeheim wusste Bea, dass es neben dem Interesse noch einen anderen Grund für ihren Eifer gab: die Angst vor Michas Entscheidung. Die zwei Wochen waren um, und jeden Tag konnte die Antwort von der Academy aus New York kommen. Wenn Bea am Abend in die Wohnung kam, versuchte sie, in Michas Gesicht abzulesen, ob ein Brief eingetroffen war. Sie wagte kaum zu fragen, aber das Warten hing wie ein Damoklesschwert über ihrem Kopf.

Dann, es waren fast drei Wochen vergangen, war es so weit. Bea wusste es gleich, als sie die Wohnung betrat. Micha strahlte und hielt einen Brief in der Hand.

„Sie haben geschrieben?"

„Ja, ich bin angenommen. Ich kann es kaum fassen, sie haben mich genommen, an der berühmten Academy of Music. Das ist der Grundstein meiner Karriere."

„Ich gratuliere dir."

Bea konnte ihre Enttäuschung nicht verbergen, obwohl sie sich natürlich für Micha freute. Nun war eingetroffen, was sie befürchtet hatte und lieber nicht wahrhaben wollte.

„Das klingt nicht gerade begeistert."

„Ich denke eben auch an die Konsequenzen, die diese Entscheidung hat."

„Bea, du machst alles so kompliziert. Komm doch einfach mit! Und wenn nicht, es ist doch nur ein Jahr."

„Ach, hör doch auf! Ein Jahr ist eine lange Zeit, und du glaubst doch nicht, dass wir die Beziehung über diese Distanz aufrechterhalten können."

„Woran du gleich denkst! Freu dich doch einfach mit mir!"

„Soll ich mich freuen, wenn ich gerade sehe, dass wir uns faktisch trennen?"

„Trennen ist so ein großes Wort."

Micha wollte einfach nicht wahrhaben, was ihre Entscheidung bedeutete, dachte Bea. Sie verstand ja, dass Micha diese Chance nutzen musste und dass sie sich über den Erfolg freute, aber sie könnte auch ein bisschen traurig sein über die Trennung.

Bea konnte jetzt nicht feiern. Ihr war eher zum Heulen zumute. Sie ließ Micha stehen, zog ihre Jacke über und rannte davon. Wohin? Erst einmal wollte sie nur gehen, damit ihre aufgewallten Gefühle sich setzen konnten. Sie lief ohne Ziel herum. Dann merkte sie, wie sie mechanisch ihre Schritte zu Corinna lenkte. Corinna hatte ihr in den größten Krisen ihres Lebens immer beigestanden, hatte sie nie zu Entscheidungen gedrängt. Ja, es war so, ihre Mutter war ihre beste Freundin.

Als sie ihr gegenüberstand, kamen die Tränen. Ohne ein Wort zu sagen, nahm Corinna sie in den Arm und streichelte über ihren Rücken.

„Es ist vorbei mit Micha", war das erste, was Bea sagen konnte.

„Aber warum denn? Ihr habt euch doch so gut verstanden."

„Sie ist an der Academy angenommen und geht für ein Jahr nach New York."

„Das muss doch nicht das Ende eurer Beziehung sein."

„Doch. Ich sehe das so. Ich werde nicht mitgehen nach New York, weil ich dort nur von ihr abhängig wäre, ich hätte nichts Eigenes. Und Micha setzt sich völlig darüber hinweg. Für sie zählen nur ihre Karriere und ihre Musik. Sie ist nicht einmal traurig."

„Das glaube ich nicht. Da unterstellst du ihr etwas. Vielleicht sieht sie die Trennung nicht so endgültig wie du."

„Ja, sie tut so locker, als sei ein Jahr gar nichts."

„Kann es sein, dass ihr da etwas unterschiedliche Vorstellungen habt?"

„Ja, das ist wohl so."

„Du musst jedenfalls für dich entscheiden, wie du die Sache siehst. Wann beginnt denn das Studium dort?"

„Im September."

„Das sind ja noch gut vier Monate. Wie willst du dich denn in dieser Zeit verhalten?"

„Ich würde am liebsten wieder hier einziehen."

„Du kannst jederzeit in dein Zimmer zurückkommen, von mir aus. Ob das wirklich gut ist, musst du wissen. Du solltest nur nicht vor etwas weglaufen."

„Ja, du hast Recht. Ich muss mit Micha reden, auch wenn es schwierig wird, weil sie einfach nichts hören will."

Bea versuchte, Micha darzulegen, was in ihr vorging. Micha verweigerte sich, sie wollte vor allem ihr Glück genießen, alles andere schob sie weg. Sie begann, Bea aus dem Weg zu gehen, weil sie die Auseinandersetzungen fürchtete, blieb stattdessen lange im Rosengarten und kam erst spät in der Nacht nach Hause.

Eines Abends ging auch Bea in den Rosengarten, mit einem unbestimmten beklemmenden Gefühl. Das verging jedoch sofort, als sie Helle an der Theke stehen sah, die ihr fröhlich zuwinkte.

„Hi, sieht man dich auch mal wieder?"

„Ich habe doch einen neuen Job in der Fixerstube in Altona, da ist ziemlich viel zu tun."

„Und auch sonst hast du einigen Ärger, ich hab's schon gehört."
„Spricht sich rum, was?"
„Micha ist auch nur noch sporadisch hier, seit sie nicht mehr als Kellnerin jobbt."
„Das hat sie mir nicht erzählt."
„Sie hat dir nicht erzählt, dass sie aufgehört hat?"
„Nein, sie redet kaum noch mit mir."
„Oh, Mist."
„Sie kommt spät nachts nach Hause, ich habe keine Ahnung, wo sie ist. Sie entzieht sich einfach jeder Auseinandersetzung."
„Ich bin in einer ähnlichen Situation. Cordula hat sich verliebt, in irgendeine Frau beim Rundfunk. Sie hat's mir gleich gesagt und mich vor vollendete Tatsachen gestellt. Reden hat keinen Sinn, meint sie. Sie will diese Liebe jetzt ausleben. Und ich leide darunter, verflucht. Ich würde am liebsten abhauen, einfach weg und sie nicht mehr sehen müssen."
„Tut mir Leid, das wusste ich gar nicht. Wenn man selbst so in seinem Kummer steckt, sieht man gar nicht, wie es anderen geht."
„Schon o. k. Damit muss ich alleine zurechtkommen."
Bea war so vertieft in das Gespräch mit Helle, dass sie nicht bemerkte, wie zwei Frauen hereingekommen waren und sich an einen Tisch setzten. Erst als sie sich umwandte, fiel ihr Blick auf Micha und – Edda, den blonden Engel. Dieses Mal war die Situation eindeutig, ein Leugnen Michas wäre zwecklos gewesen. Aber Micha wollte scheinbar auch gar nichts leugnen. Die beiden hatten Bea noch nicht entdeckt,

und sie machte einen Schritt zurück, um sich hinter Helle zu verstecken. Sie wollte noch ein wenig beobachten, wie Edda Michas Hände nahm, ihr über das Gesicht strich und sie auf den Mund küsste. Micha ließ es geschehen. Als hätte Bea es immer gewusst. Ihr Gefühl hatte nicht getrogen. Kann sein, dass Micha die Wahrheit gesagt hatte und sie bisher nichts mit Edda hatte. Aber Bea hatte immer gewusst, dass es jederzeit möglich gewesen wäre. Und nun war es so weit.

„Verdammt", sagte Helle, „ich hätte dir gewünscht, es wäre dir erspart geblieben."

„Ist fast besser so, vermutet habe ich es schon lange."

„Und jetzt?"

„Jetzt gehe ich dahin und kläre die Lage", antwortete Bea in einem Anflug von Mut.

Sie straffte die Schultern, atmete tief durch und schritt durch den Raum zum Tisch von Micha und Edda. Sie bemerkten sie erst, als sie direkt neben ihnen stand.

„Du bist hier? Ich hab dich gar nicht gesehen."

„Du warst ja auch beschäftigt genug, um gar nichts zu sehen."

„Bea, wir sollten das nicht hier klären."

„Oh doch, genau hier und jetzt. Ich weiß nicht, wie lange du mich schon betrügst, aber ich weiß jetzt wenigstens, dass du feige bist."

„Hör doch auf mit deinen ewigen moralischen Vorhaltungen. Ich habe es bei deinem Genörgel zu Hause nicht mehr ausgehalten. Du konntest dich nicht einmal mit mir über die Zusage der Academy freuen, hattest nur die Sorge im Kopf, wie es mit uns weitergeht. Ich hatte das Gefühl, du wolltest mich festhalten, anbinden. So ein Leben kann ich mir nicht vorstellen."

„Und statt dich mit mir darüber zu unterhalten, rennst du gleich zu einer anderen, die es dir leicht macht. Ist das deine Art, Beziehungen zu beenden?"

Bea schrie jetzt, so aufgebracht war sie. Sie hatte noch nie geschrieen und kam sich elend und gedemütigt vor. Zumal sie wie eine Bittstellerin vor den beiden sitzenden Frauen stand. Da spürte sie einen Arm auf ihrer Schulter, der sie nach hinten zog. Helle stand neben ihr.

„Komm, lass es gut sein! Das hat keinen Sinn hier."

Sie ließ sich von Helle mit sanftem Druck in Richtung Theke führen. Kaum hatte sie sich auf einen Hocker gesetzt, begann sie am ganzen Körper zu zittern und brach in ein tiefes Weinen aus. Helle zog sie ins Hinterzimmer. Das müsse Micha nicht unbedingt zu sehen bekommen, fand sie. Sie umarmte Bea und ließ sie einfach weinen, bis sie sich beruhigte.

„Das tut weh, nicht?"

„Der Abschied von Micha wäre schon schwer genug gewesen, aber jetzt noch das. Warum macht sie das?"

„Das macht es ihr vermutlich leichter zu gehen."

„Ich möchte sie nicht mehr sehen."

„Du kannst heute bei mir übernachten, und morgen holst du deine Sachen aus der Wohnung. Das scheint das Beste zu sein. Ich helfe dir, wenn du willst."

„Danke, Helle, das vergesse ich dir nie."

17

Bea wohnte wieder bei Corinna. Michas Verrat und die Trennung schmerzten sie. Noch mehr, dass Micha nicht einen Versuch unternommen hatte, mit ihr zu reden. Sie schien den Bruch hinzunehmen und sich mit Edda zu trösten, bis sie dann endgültig verschwinden würde.

Bea igelte sich ein. Die Arbeit war das Einzige, was sie interessierte, und sie engagierte sich weit über das geforderte Maß hinaus. So weit, dass Thomas, der Leiter der Fixerstube, sie besorgt beobachtete und überlegte, ob er sie bremsen sollte.

Um ein sechzehnjähriges Mädchen, Tanja, kümmerte sich Bea besonders. So scheu und wild Tanja sonst war, hatte sie zu Bea sofort eine Zuneigung entwickelt. Zwei-, dreimal am Tag schaute Tanja in die Fixerstube rein. Ihren Hund, einen struppigen, großen Mischling, band sie draußen an.

„Hi!"

„Hallo Tanja!"

Bea war gerade dabei, Kaffee zu machen.

„Haste 'n bisschen Wasser für Leo?"

„Klar, hier, nimm die Schüssel!"

Tanja stakste hinaus, um ihrem Hund etwas zu trinken zu bringen. Wie mager sie war, dachte Bea. Die dünnen Beine steckten in einer ziemlich schmutzigen, löchrigen Jeans, der Pullover flatterte um den knochigen Oberkörper. In ihrem Gesicht fehlte jede Farbe, an manchen Tagen wirkte es grau, und die Wangenknochen traten stark hervor. Zum Glück war jetzt Sommer, da würde sie nachts nicht so sehr frieren. Bea hatte ein unbändiges Mitleid mit dem Mädchen und hätte sie am liebsten mitgenommen, weg von der Straße, aber Tanja sperrte sich gegen jeden Annäherungsversuch. Bea musste sehr behutsam vorgehen, um das Vertrauen des Mädchens zu gewinnen. Tanja war schon früh ans Heroin gekommen, durch einen „Freund", der sie angefixt hatte. Sie ging gelegentlich auf den Strich, um sich Geld zu verdienen, Straßenstrich, das schlimmste und ungeschützteste Pflaster, das man sich vorstellen konnte. Dabei war Tanja kein abgebrühter Junkie, sondern wirkte manchmal wie ein kleines Mädchen. Wenn sich jemand richtig um sie kümmern würde, vielleicht ... Klar, sie wusste, wie selten es war, dass jemand von der Nadel wegkam.

„Krieg ich 'n Kaffee?"

„Klar. Willst du auch was zu essen? Ein Brötchen?"

„Kein Hunger."

Tanja griff gierig zum Becher Kaffee.

„Gestern ham se mir den Schlafsack geklaut."

„Wer hat dir den Schlafsack geklaut?"

„Weiß nicht. Als ich weg war."
„Du hast deine Sachen allein gelassen?"
„Kann doch nicht immer alles mit mir rumschleppen."
„Und wie hast du heute Nacht geschlafen?"
„Ohne."
Bea bekam bei dem Gedanken eine Gänsehaut. Verdammt, da klauen die sich gegenseitig die letzten Sachen. Oder es war jemand, der etwas gegen Obdachlose und Junkies hatte und glaubte, er könne dadurch jemanden loswerden.
„Wo war das denn?"
„Im Gebüsch an der Elbe."
„Tanja, du solltest nicht allein rumziehen. Geh dahin, wo andere sind!"
„Is auch nicht besser. Leo ist ja da."
Tanja versank in Schweigen.
Wenn sie nur den Antrieb hätte, vom Heroin wegzukommen. Bea könnte versuchen, einen Entzug mit Methadon für sie zu bekommen und vielleicht einen Platz in einem Heim.
„Ich besorg dir einen Schlafsack, ein paar neue Klamotten könnten auch nicht schaden, oder?"
„Schlafsack reicht."
Tanja sah Bea dankbar, aber trotzdem misstrauisch an. Bei ihrem Blick ging es Bea durch Mark und Bein. Tanja kam ihr vor wie ein Kind, das man in die Badewanne stecken, abtrocknen und in ein Bett legen müsste. Dann eine Geschichte zum Einschlafen vorlesen, über die Haare streicheln und das Licht löschen. Stattdessen musste sie sich in Parks herumtreiben und sich mit Freiern abgeben, getrieben von der Sucht, sich einen Schuss zu setzen.

„Tanja, ich gehe heute Nachmittag mit dir eine Schlafstelle suchen, die halbwegs sicher ist, o. k.?"

„Lass mich in Ruhe, ey!"

So war das immer. Wenn man ihr ein bisschen zu nahe kam, blockte sie ab.

„Nimm wenigstens eine saubere Nadel mit."

„Gib schon her!"

Tanja riss Bea die Spritze aus der Hand und machte sich davon.

„Du magst die Kleine, oder?"

Thomas hatte das Gespräch mit angehört.

„Ja, ich weiß auch nicht, warum. Warum ausgerechnet sie bei all den Leuten, die täglich hier auftauchen."

„Du willst sie beschützen. Das ist gut gemeint, aber du wirst scheitern. Das musst du wissen, mach dir keine Illusionen. Du kriegst sie weder vom Strich noch vom Heroin weg."

Bea fühlte einen Stich im Herzen. Tanja kam ihr vor wie ihre kleine Schwester.

„Ich kann es wenigstens versuchen. Wenn wir nichts tun, ändert sich nie etwas."

„Ich möchte dich nur vor einer Enttäuschung bewahren."

„Schon verstanden."

Am späten Nachmittag tauchte Tanja wieder auf, besserer Laune. Sie hatte sich offenbar gerade eine Spritze gesetzt. Bea reichte ihr eine Decke, die sie auf die Schnelle organisiert hatte.

„Hier, ein Schlafsack war so schnell nicht aufzutreiben."
„Haste was zu essen?"
„Ja, es gibt Suppe. Setz dich, ich bring dir einen Teller."
Tanja aß gierig.
Bea wagte wieder einen Vorstoß.
„Willst du es nicht doch mal mit einem Entzug probieren? Ich könnte einen Platz im Heim für dich beantragen. Ich helfe dir, so gut ich kann."
„Da kann ich Leo nicht mitnehmen."
„Für Leo finden wir bestimmte eine Lösung, und wenn ich ihn zu mir nehme."
„Ohne Leo geh ich nirgendwo hin."
„Tanja, versuch es doch mal. Auch wenn es lange dauert, es lohnt sich. Und du hast dein ganzes Leben noch vor dir."
„Hör auf mit dem Gesülze!"
„O.k., ich hör auf. Und morgen besorge ich dir neue Klamotten."

Am nächsten Morgen erschien Tanja mit Schürfwunden im Gesicht und einer Platzwunde an der Stirn. Ihre Hose war zerfetzt.
„Verdammt, Tanja, was ist passiert?"
„Weiß nicht genau. Ich hatte mir Stoff besorgt, und jemand wollte mir den wegnehmen."
Tanja war nicht gut drauf, Schweißausbrüche und Zittern. Sie brauchte etwas.
„Wir müssen zum Arzt gehen. Die Wunde muss behandelt werden."
„Scheiße, Mann, ich will nicht zum Arzt."

Lange würde Tanja nicht durchhalten. Bea nahm sie einfach unter den Arm und brachte sie zu dem Arzt, der die Drogenabhängigen betreute. Er desinfizierte und versorgte die Wunden.

„Mehr kann ich nicht für sie tun", sagte er zu Bea, „sie ist in keinem guten Zustand."

„Ich weiß."

Tanja zitterte. Bea hängte ihr ihre Jacke über und nahm sie mit zurück in die Fixerstube.

„Bleib ein bisschen hier! Zieh diese Hose an, müsste dir passen."

Tanja zog sich mühsam die Hose über die Beine. Ihre Knöchel zeigten die typischen Einstichstellen.

„Ich kann nicht mehr, ich brauch was."

Bea versuchte, sie festzuhalten, aber Tanja riss sich los wie ein wildes Tier und fauchte Bea an.

„Lass mich in Ruhe! Lasst mich alle in Ruhe mit eurem Scheißgetue! Was weißt du, wie das ist!"

Sie stürmte raus und weg war sie. Bea sah ihr traurig nach. Nein, sie würde sie nicht retten können, nicht rausholen aus der Hölle, in der sie sich befand. Tanja war verloren.

Fünf Tage lang ließ sich Tanja nicht blicken. Bea durchstreifte die Orte, an denen sie sie vermutete. Sie fragte andere Junkies, ob sie Tanja gesehen hätten. Sie lief den Straßenstrich entlang, suchte auf dem Bahnhof und in Parks, keine Spur von Tanja. Vielleicht war sie in eine andere Stadt gegangen, aber schon der Gedanke schien ihr absurd. Dazu wäre eine wie Tanja gar nicht in der Lage.

„Mach dir nicht zu viele Gedanken“, meinte Thomas, „sie verschwinden alle mal für eine Weile und tauchen dann wieder auf. Du kannst nicht die ganze Stadt durchkämmen. Sie kann bei einem Zuhälter sein oder einen Freund gefunden haben oder auch im Krankenhaus liegen.“

„Die hat keinen Zuhälter, nicht Tanja. Und an einen wieder aufgetauchten Freund glaube ich ebenso wenig. Krankenhaus könnte sein. Ich kann ja nicht alle Krankenhäuser in Hamburg durchtelefonieren, aber ich rufe mal in der Altonaer Klinik an.“

Auch dort wusste man von Tanja nichts.

Als Bea am nächsten Morgen in der S-Bahn saß, die nach Altona rausfuhr, stellte sie bei ihrem Blick aus dem Fenster fest, dass sich das Laub verfärbte. Es wurde wieder Herbst, und Micha müsste schon in New York sein. Einen Moment lang spürte sie einen Stich im Herzen. Wie schön es war im Frühjahr, als sie gemeinsam durch Manhattan gestreift waren, durch den Central Park und die Bars und Diskos. Da wurden die Blätter gerade grün. Es war der Anfang vom Ende ihrer Beziehung, und Bea hatte das damals schon gespürt. Sie schüttelte diese Gedanken ab, bevor sie wieder traurig wurde. Die S-Bahn fuhr in den Bahnhof Altona ein.

Gleich beim Betreten der Fixerstube merkte Bea, dass etwas passiert sein musste, die Atmosphäre war irgendwie gedrückt. Sie wollte gerade Kaffee machen wie jeden Morgen, da trat Thomas an sie heran und legte ihr eine Hand auf die Schulter.

„Du brauchst jetzt gute Nerven ... Sie haben sie gefunden."
„Tanja?"
„Ja. Am Elbufer im Gebüsch. Sie lag da schon drei Tage. Sie haben sie gefunden, weil ihr Hund herumgeirrt ist."
„Tot?"
„Ja, sie hat sich den goldenen Schuss gesetzt. Fremdeinwirkung scheint ausgeschlossen, sagt die Polizei. Aber sie haben noch keine Obduktion gemacht."
„Wenn sie überhaupt eine machen. Sie war ja nur ein Junkie, da machen die sich doch keine Mühe, das zu untersuchen."
„Du bist ungerecht und willst nicht wahrhaben, dass sie es selbst war."
„Scheiße, verdammte Scheiße!"
Bea setzte sich, und wie nach dem Verrat von Micha weinte sie heftig und lange. Die Tränen liefen ihr einfach übers Gesicht, sie konnte gar nicht aufhören. Thomas legte den Arm um sie und wusste sie nicht anders zu trösten als immer zu murmeln:
„Du darfst dir das nicht so zu Herzen nehmen, sonst gehst du an dieser Arbeit kaputt."
Als das Weinen aufgehört hatte, atmete Bea tief durch.
„Ich möchte sie noch einmal sehen."
„Sie liegt in der Gerichtsmedizin, die Adresse kann ich dir geben. Willst du dir das wirklich zumuten?"
„Das bin ich ihr und mir schuldig. Hat sie eigentlich Angehörige?"
„Keine Ahnung, das wird die Polizei schon rauskriegen."

Bea fuhr zum Gerichtsmedizinischen Institut, stellte sich vor und wurde in den Keller mit den Kühlfächern geführt. Im Nebenzimmer sah sie die Tische, die zur Obduktion dienten, und die hammer- und sägeähnlichen Geräte, die aufgereiht daneben lagen. Merkwürdig, dachte sie, wie kalt sie das ließ. Kalt wie der Tod, der hier herrschte. Sie spürte keinen Ekel und kein Grauen. Das überkam sie nur bei den Lebensbedingungen, unter denen viele vegetieren mussten. Wenn sie erst einmal tot waren, hatten sie es hinter sich. Wie Tanja.

Der Pathologe führte sie zu einem Tisch, auf dem die Leiche unter einem weißen Tuch lag. Er schlug das obere Ende zurück, sodass man das Gesicht sehen konnte. Es war Tanja.

„Ist das die Tanja Liebe, die sie kennen?"

„Ja. Ich wusste nicht, dass sie mit Nachnamen Liebe heißt – hieß. Wie absurd!"

Tanjas Gesicht sah fahl und gelblich aus, die braunen, verzottelten Haare rahmten es ein. Bea legte eine Hand auf die Wange der Toten. Sie fühlte sich eiskalt an. Bea zog sie zurück. Sie hätte sie lieber gestreichelt, als sie noch warm war, aber das hätte Tanja nicht zugelassen.

„Haben Sie die Eltern schon erreicht?"

„Soweit ich von der Polizei weiß, gibt es nur eine Mutter, und die sitzt in einer Trinkerheilanstalt."

„Verdammt. Was ist mit dem Hund?"

„Der wurde ins Tierheim gebracht. Wollen Sie ihn nehmen?"

„Geht nicht. Ich kann ihn nicht mitnehmen, wenn ich arbeite. Aber ich werde mich darum kümmern, dass er eine neue Heimat bekommt. Er war doch Tanjas einziger Freund und wird sie sehr vermissen."

„Auf Wiedersehen."

„Hoffentlich nicht so bald."

„Das kann ich verstehen. Hier kommt keiner gern her."

Bea verließ das Gerichtsmedizinische Institut so schnell es nur ging. Hatte sie anfangs in diesen Räumen überhaupt nichts gespürt, so kamen jetzt die Emotionen hoch, sie würgte, war kreidebleich.

Von der Telefonzelle draußen rief sie Thomas an, nachdem sie sich einigermaßen gefasst hatte.

„Ich brauche den Nachmittag frei, bitte Thomas."

„Ist schon o. k., ich komme allein zurecht. Bist du morgen wieder da?"

„Ja, ganz sicher."

Bea ging zu Fuß, sie brauchte frische Luft. Viel nachzudenken gab es gar nicht, sie hätte Tanjas Tod nicht verhindern können. Wenn es jetzt nicht passiert wäre, dann später. Tanja hatte viel zu tief dringesteckt, um jemals wieder rauszukommen. Bea stellte sich lieber nicht vor, was für eine Kindheit Tanja gehabt haben musste. Arme Tanja! Jetzt war der Punkt gekommen, dachte Bea, an dem sie sich überlegen musste, ob sie der Aufgabe in der Fixerstube gewachsen war, ob das nicht über ihre Kräfte ging. Vielleicht sollte sie etwas anderes machen, etwas, wo man mehr Erfolg sah, was nicht so aussichtslos war. Und vor allem nicht hier in Hamburg, wo ihr die Decke auf den Kopf fiel und die Erinnerungen an Micha sie verfolgten. Berlin, das wär's. Die Boomtown Berlin mit all ihren Schattenseiten, die das Wachsen und Zusammenwachsen mit sich brachte. Da wurde sie gebraucht, da konnte sie aktiv werden. Sie lächelte, obwohl ihr zum Heulen zumute war.

Trotzdem lief sie in den folgenden Tagen herum wie ihr eigener Schatten, verzweifelt, weil ihr alles rabenschwarz erschien. Kein Licht am Horizont. Mühsam schleppte sie sich zur Arbeit und zurück nach Hause, wo sie müde ins Bett fiel.

An einem Samstag ging sie nach langer Zeit mal wieder in den Rosengarten. Sie hatte das Lokal wegen Micha gemieden, aber Micha war nun weg, und sie wollte die alten Freundinnen wiedersehen.

„Bea, du warst ja eine Ewigkeit nicht hier!"

Helle begrüßte sie voller Freude.

„Du weißt ja, warum. Außerdem bin ich gerade überhaupt nicht gut drauf. Aber ich freue mich, dich zu sehen."

„Ebenfalls. Meine düstere Zeit habe ich gerade beendet, jedenfalls habe ich den Entschluss gefasst. Seit Cordula mich verlassen hat, ist es nur bergab gegangen, und damit ist jetzt Schluss. Ich gehe weg aus Hamburg, will etwas Neues machen."

„Du gehst weg? Wohin? Und was willst du machen?"

„Zu Frage eins: nach Berlin. Frage zwei: Ich bekomme da wieder einen Job in einem Heim, so ähnlich wie hier. Habe mich beworben, und es hat geklappt."

„Gratuliere! Toll! Das ist genau das Richtige. Etwas Neues machen. Und genau das habe ich auch vor. Mir fällt hier in jeder Hinsicht die Decke auf den Kopf. Du wirst es kaum glauben, aber ich will auch nach Berlin!“

„Super! Ich kenne auch schon ein paar Frauen in Berlin, das reicht fürs Erste. Die restlichen Berlinerinnen lernen wir im Handumdrehen kennen. Einen Job habe ich, eine Wohnung suche ich mir. Die könnten wir uns doch teilen, was meinst du? Ade Hamburg!“

„Super Idee. Ich habe hier nichts mehr verloren. Ich hab zwar noch keinen Job, will mich erst mal in Ruhe umschauen. Zu tun gibt es genug. Berlin – wir kommen!“

„Finde ich toll, dass du mitkommen willst. Eine gute Kneipe kenne ich jedenfalls schon, die kann dem Rosengarten Konkurrenz machen und heißt Lux. Ich ziehe in zwei Wochen um. Hinsichtlich der Wohnung kannst du noch Wünsche anmelden. Ich suche uns was Schönes.“

18

Bea überlegte und kam schnell zu einer Entscheidung. Ausschlaggebend war die Erleichterung, die sie bei dem Gedanken spürte, in eine andere Stadt zu gehen. Die Trennung von Micha und Tanjas Tod waren zwei gravierende Erlebnisse, die sich wie Blei auf ihre Seele gelegt hatten. Sie wollte ihre Lebensfreude wieder finden. Eigentlich war sie ein fröhlicher Mensch und konnte das Leben genießen. Sie war fest entschlossen, sich das zurückzuerobern.

„Corinna, ich glaube, ich muss hier weg", kündigte sie ihrer Mutter an.

„Was meinst du? Willst du wieder in eine Wohngemeinschaft? Oder hast du jemanden kennen gelernt?"

„Nichts davon. Ich möchte aus Hamburg weg. Alles erinnert mich hier an Micha, und dann noch Tanjas Tod. Ich weiß, dass ich nichts dafür kann, aber ich fühle mich doch verantwortlich."

„Und da willst du gleich die Stadt wechseln?"

„Ja, ich will nach Berlin. Helle geht auch nach Berlin, wir könnten uns eine Wohnung teilen. Sie geht schon in den nächsten Tagen und wird eine Wohnung für uns beide suchen."

„Aber du kennst die Stadt doch gar nicht, weißt nicht, ob es dir da gefällt."

„Alles ist besser als hier, und außerdem gibt es in Berlin im sozialen Bereich nun wirklich genug zu tun."

„Ich finde das etwas voreilig, es sieht fast ein wenig nach Flucht aus. Bist du ganz sicher, dass das die richtige Lösung ist?"

„Ich bin ganz sicher. Und ich denke, es ist ganz gut, wenn ich euch nicht immer als Netz und doppelten Boden im Hintergrund habe. Versteh das nicht falsch. Ich war immer froh, dass ihr mir geholfen habt. Vor allem du, Corinna, warst für mich da, wenn ich dich brauchte. Aber es wird Zeit, dass ich mal wirklich auf eigenen Füßen stehe."

„Wenn du meinst. Aber verabschiede dich wenigstens noch von den Großeltern. Die haben es bedauert, dass du dich in letzter Zeit nie hast blicken lassen. Sie hängen so an dir und vermissen dich."

Corinna hatte Recht. Über all dem Kummer in ihrem Leben hatte sie die Großeltern ganz vergessen. Es würde ein harter Brocken für sie sein, wenn sie erfuhren, dass Bea nach Berlin gehen wollte. Schon dass sie mit Drogenabhängigen arbeitete, hatten Corinna und sie nur in gemilderter Form erzählt. Obdachlose von der Straße holen, ihnen zu essen geben, das konnten sie als soziale Aufgabe akzeptieren, wenn es ihnen auch schwer fiel zu denken, dass ausgerechnet ihre Enkelin diese Tätigkeit ausübte.

Bea trat den Gang nach Blankenese mit gemischten Gefühlen an. Als sie den Park und das Haus sah, schön und gepflegt und Reichtum ausstrahlend, dachte sie einen winzigen Moment, dass es auch schön sein konnte, so zu leben, mit festen Regeln und ohne das ganze Elend der Welt zu sehen, nur in dieser Villa zu sitzen und auf die Elbe zu blicken. Sie schüttelte den Gedanken sofort wieder ab. Nein, das war nicht ihr Leben. Sie wollte mittendrin sein, mit allen Konsequenzen, die das hatte. Sie wollte denen helfen, die nicht teilhatten an Reichtum und Besitz. Da kam ihr die Großmutter schon auf dem Kiesweg entgegen.

„Bea, wie schön, dass du uns mal wieder besuchst. Wir dachten, du hast uns schon ganz vergessen."

„Wie könnte ich euch vergessen, Großmutter."

Charlotte war alt geworden, fast durchscheinend sah sie aus in ihrer Magerkeit, die weißen Haare zu einem Knoten am Hinterkopf gebunden. Aber ihren Stolz hatte sie nicht eingebüßt. Gerade und aufrecht schritt sie in die Halle hinein. Da wartete Roman, auch er mächtig gealtert. Das fällt mir nur so stark auf, weil ich sie länger nicht gesehen habe, dachte Bea.

„Der Tee ist im Salon gerichtet."

Die Großeltern nahmen sie in die Mitte und führten sie in den Salon, in dem sie früher so wunderbare Weihnachtsfeste gefeiert hatten. Es muss raus, ich muss es ihnen sagen. Bea setzte an.

„Ich wollte euch etwas mitteilen, was euch vielleicht nicht

gerade freuen wird. Aber für mich ist es ganz wichtig und notwendig, und ich hoffe, ihr seid mir nicht böse.“

„Aber Kind, wir konnten dir noch nie ernsthaft böse sein.“

„Ich gehe weg aus Hamburg, nach Berlin. Es gab hier einige Erlebnisse, die ich lieber vergessen würde, und ich glaube, etwas Neues würde mir gut tun.“

„Wenn du das meinst, Kind, wird es schon die richtige Entscheidung sein. Manchmal muss man große Schritte tun im Leben, damit man danach wieder schlendern kann. Natürlich bedauern wir es, dass wir dich noch weniger zu Gesicht bekommen werden. Du vergisst uns hoffentlich nicht ganz.“

„Ich werde euch nie vergessen, das dürft ihr nicht denken. Und so weit ist Berlin auch wieder nicht.“

„Ist schon gut, Bea, das denken wir nicht. Wir sind immer froh, wenn es dir gut geht.“

Wie gefasst sie das aufgenommen haben! Oder taten sie nur so? Glitzerte da eine Träne in Charlottes Auge? Und zitterte Romans Lippe nicht fast unmerklich? Wie schwer doch Abschiede waren, auch wenn man wusste, dass es sein musste.

Dann wurde die Teerunde aber doch noch fröhlich, die Großeltern erzählten Geschichten von früher, in denen Bea als Hauptperson vorkam, und sie lachten und scherzten, bis Bea sich verabschiedete. Die Großeltern versuchten, es ihr leicht zu machen, das wusste Bea, und voller Dankbarkeit winkte sie ihnen zu, als sie in der Eingangstür standen und ihr nachsahen.

Bea kündigte ihre Stelle in der Fixerstube. Thomas hielt das für eine richtige Entscheidung, auch wenn er bedauerte, dass er sie nun nicht mehr sehen würde.

„Du bist sehr engagiert, wirkst positiv und machst allen Mut, vielleicht bist du ein bisschen zu sensibel für den Job. Aber ich könnte dir nicht einmal raten, dich zu ändern. Das wäre nämlich schade."

„Danke, Thomas. Ich weiß schon, in die Sache mit Tanja habe ich mich zu sehr reingekniet. Passiert mir so schnell nicht wieder, habe ich mir jedenfalls vorgenommen."

Bis Weihnachten machte Bea ihre Arbeit in der Fixerstube weiter. Ein paar Urlaubstage hatte sie noch, die nutzte sie, um nach Weihnachten ihre Sachen zu packen. Gleich im neuen Jahr wollte sie umziehen. Helle hatte inzwischen eine Wohnung gefunden, die auch Beas Wünschen und Vorstellungen entsprach und in der ein Zimmer für sie bereitstand. Und Simon hatte versprochen, sie in den ersten Januartagen mit Sack und Pack nach Berlin zu bringen.

In der Silvesternacht, als das neue Jahr anbrach, stand sie mit Corinna und Max am Fenster und sah dem Feuerwerk über der Alster zu. Am Himmel erschienen rote und goldene Lichtkaskaden, Explosionen von glitzernden Sternen.

„Auf dein neues Leben!"

Corinna stieß mit ihrem an Beas Sektglas. Es klirrte.

„Ich besuche euch, ganz bestimmt, und ihr mich. Berlin ist ja nicht aus der Welt."

„Hier muss es sein. Halt mal an! Nummer sechs, hat Helle gesagt."

Simon hielt mit den geliehenen Transporter vor einem großen Mietshaus.

„Ich klingel mal kurz. Helle wollte da sein und uns helfen."

Bea sprang aus dem Auto und suchte Helles Namen an den Klingelknöpfen. Bevor sie ihn gefunden hatte, ging die Tür auf und Helle stürmte heraus.

„Hallo, ich habe euch aus dem Fenster gesehen. Dann wollen wir mal ausladen, dein Zimmer wartet schon auf dich."

Zu dritt trugen sie Beas Sachen die sechs Treppen in den dritten Stock hoch. Bald keuchten und schwitzten sie und waren froh, als der Transporter leer war.

„Nette Wohnung", bemerkte Simon.

Das stimmte. Es gab zwei schöne, helle Zimmer, eine große Küche, die ein Wohnzimmer ersetzte, und ein Bad, sogar mit Badewanne. Simon trank noch einen Kaffee mit Helle und Bea und verabschiedete sich, um umgehend wieder nach Hamburg zurückzufahren.

„Alles Gute in der neuen Stadt! Und wenn du mal Hilfe brauchst, weißt du, an wen du dich wenden kannst, ja? Ich bin immer für dich da, meine Große, auch wenn ich mich in der Familie rar gemacht habe. Das nimmst du mir hoffentlich nicht übel."

„Ach wo. Das musst du mit Corinna ausmachen."

Simon seufzte. Seine Tochter hatte Recht, aber das war eine andere Geschichte.

Helle und Bea blieben in der Küche sitzen.

„Gefällt dir die Wohnung? Ich habe mich ganz gut eingelebt in der kurzen Zeit. Die Arbeit ist in Ordnung, ein paar Frauen habe ich im Lux kennen gelernt, und die Stadt ist fantastisch. Ich könnte stundenlang nur rumlaufen! Und jetzt ist Winter. Stell dir mal vor, wie das im Sommer sein muss, wenn es warm ist und alles grün!"

Helle steckte Bea mit ihrer Begeisterung an.

„Ja, das muss toll sein. Aber jetzt werde ich erst mal auspacken und einräumen. Und dann lade ich dich heute Abend zum Essen ein, o. k.?

„Nichts dagegen. Was hältst du von koreanisch? Ist gleich um die Ecke."

Die folgenden zwei Monate ließ sich Bea Zeit. Zeit, die Stadt zu erkunden und zu überlegen, was sie machen wollte. Ihr Gespartes reichte eine Weile, und die gemeinsame Wohnung kostete nicht sehr viel. Mit Helle gab es keine Probleme. Beide Frauen blieben nach den schmerzhaften Erfahrungen mit ihren Partnerinnen erst einmal gern allein. Beide brachten ab und zu mal jemanden für eine Nacht mit, aber weder Bea noch Helle suchten eine feste Beziehung. Die Nachtbekanntschaften verschwanden am nächsten Tag so schnell, wie sie gekommen waren. Keine war von bleibender Dauer.

Helle war Stammgast in dem Lesbenlokal Lux und führte Bea dort ein. Die Atmosphäre war ähnlich wie im Rosengarten, und bald kannte sie die Kellnerinnen und das

Stammpublikum. Das Lux wurde bald zu Beas zweitem Zuhause. Sie saß am Nachmittag dort herum zum Lesen oder am Abend zum Plaudern mit den Frauen. Es war spannend zu hören, was die so machten in den unterschiedlichsten Berufen und welche Neuigkeiten es in der Szene gab.

Allmählich ging Beas Geld zur Neige. Sie musste sich wohl oder übel einen Job suchen, und als eine Kellnerin im Lux kurzfristig ausstieg, bot sich Bea als Bedienung an.

Den ganzen Sommer über jobbte Bea im Lux. Sie tat es gern, lernte eine Menge Leute kennen und machte sich keine Gedanken über die Zukunft. Irgendwie lebte sie in den Tag hinein, und das schien nach der diszipliniert absolvierten Studienzeit und der anstrengenden Arbeit in der Fixerstube genau das Richtige. Für eine Weile jedenfalls.

Im Herbst überkam sie das Bedürfnis nach einer Veränderung.

„Hör mal, Helle, ich glaube, ich muss mir wieder eine richtige Arbeit suchen. Das Rumjobben ist auf die Dauer zu öde. Nichts gegen das Kellnern im Lux, aber ich möchte mich mehr engagieren bei einer Arbeit. Ich würde gerne wieder mit Jugendlichen arbeiten. Weißt du eine freie Stelle?“

„So spontan weiß ich nichts. Bei uns im Heim ist auch gerade nichts frei. Aber es kommt immer wieder vor, dass jemand geht. Ich kann mich ja mal umhören, ob einer von den Kollegen was weiß.“

„Ja, sag mir Bescheid. Ich würde auch wieder in die Drogenberatung gehen, da habe ich zumindest Erfahrungen.“

Zwei Wochen später erzählte Helle von einer Idee, die einer ihrer Kollegen gehabt hatte.

„Er meinte, du könntest es mal im Strafvollzug versuchen. Da werden immer Leute gesucht. Die Arbeit ist nicht ganz leicht, aber angenehmer als mit Junkies allemal. Außerdem hättest du geregelte Arbeitszeiten, die Bezahlung ist wohl auch nicht schlecht."

„Im Gefängnis?"

„Ja, klar im Gefängnis. Betreuung von Gefangenen, wenn du so willst. Eine Stufe vor dem, was ich mache."

„Ja, ich überlege nur, ob ich es selbst den ganzen Tag im Gefängnis aushalten würde."

„Naja, das ist auch nicht mehr wie früher das Zuchthaus, ohne Licht, Luft und Sonne. Überleg es dir. Wenn du Interesse hast, rede mal mit dem Kollegen! Der weiß auch, wo du dich bewerben musst."

Vielleicht war die Idee gar nicht so schlecht. Jedenfalls wäre das wieder eine längerfristige Perspektive, sie würde im Team arbeiten und könnte das machen, was sie gelernt hätte. Sie rief Helles Kollegen an und erfuhr, dass in der Strafvollzugsanstalt Reutlitz dringend jemand gesucht wurde. Frauenknast, na, das passt ja, dachte Bea.

Die Bewerbung schickte sie ab, ohne sich große Hoffnungen zu machen. Eine Woche später hielt sie eine Antwort in der Hand. Die Anstaltsleiterin sei an ihr interessiert und bitte sie um eine Unterredung. Das war ja schon morgen! Wie sollte sie das mit ihrem Kellnerjob regeln? Sie würde Astrid anrufen, die am Vormittag kellnerte.

„Astrid, könntest du morgen Nachmittag zwei Stunden Vertretung für mich machen? Ich gebe es dir zurück. Wäre sehr wichtig."

„Geht in Ordnung, zwei Stunden, aber nicht länger, ich habe morgen eine Vorlesung an der Uni."

„Garantiert nicht länger. Danke."

Das Problem wäre gelöst.

Am Nachmittag stieg Bea vor der Justizvollzugsanstalt aus dem Taxi, sah sich kurz um und klingelte dann am Tor.

„Ja, bitte?"

„Beate Hansen. Ich habe einen Termin bei Frau Adler."

„Ach, die neue Kollegin. Kommen Sie herein."

Wieso neue Kollegin? Sie war doch noch gar nicht genommen! Woher wusste der das?

Das Tor tat sich auf und Bea betrat zum ersten Mal ein Gefängnis. Sah gar nicht so schlimm aus, wie sie sich das vorgestellt hatte. Vielleicht würde das ja zukünftig ihre neue Wirkungsstätte sein.

„Sie sind Beate Hansen? Jutta Adler, freut mich sehr. Gehen wir in mein Büro."

Die Leiterin machte keinen unsympathischen Eindruck.

„Ich habe mir Ihre Unterlagen angesehen. Ein Studium der Sozialpädagogik, Erfahrungen mit straffälligen Jugendlichen, Arbeit in der Drogenszene – das sind wirklich gute Voraussetzungen. Was Sie noch nicht kennen, sind die besonderen Bedingungen in einer Haftanstalt, wie der Alltag hier aussieht, die spezifischen Probleme. Aber ich denke, das werden Sie schnell lernen. Außerdem sind Sie ja nicht allein, die Kollegen unterstützen Sie nach Kräften. Die werden nämlich froh sein, Hilfe zu bekommen."

Jutta Adler redete und redete. Bea sah verstohlen auf die Uhr. Sie hatte versprochen, nicht länger als zwei Stunden wegzubleiben. Unruhig rutschte sie auf ihrem Stuhl hin und her.

19

Bea musste jetzt unbedingt ins Lux zurück, Astrid war bestimmt schon sauer, dass sie nicht pünktlich zur Stelle war.

„Na, dann ist ja das Wesentliche geklärt, und Sie können am nächsten Ersten bei uns anfangen. Willkommen im Reutlitz-Team!"

Jutta Adler schien zum Schluss zu kommen.

„Danke. Ja, ich bin auch froh, dass es geklappt hat."

„Melden Sie sich dann bei mir, ich führe sie durch die Anstalt!"

„Gut, bis übernächste Woche."

Bea rannte zur U-Bahn. Sie war zu spät. Dass das Gespräch so lange dauern würde, hätte sie nicht gedacht.

Außer Atem stürmte sie ins Lux, zum Tresen. Klar, Astrid hatte sie schon erwartet.

„Wo bleibst du denn so lange?"

„Tut mir wirklich Leid, das Einstellungsgespräch hat etwas länger gedauert. Konnte ich nicht wissen."

„O.k., jetzt bist du ja da. Ich hab alle abgerechnet, bis auf die da drüben."

Astrid machte eine Kopfbewegung zu einer dunkelhaarigen Frau, die zusammen mit einer blonden Frau an einem der Tische saß. Das Gesicht der Frau konnte sie nicht sehen, sie hatte ihr den Rücken zugewandt.

„Die sind gerade erst gekommen. Ist mir echt schleierhaft, wie du so einen Job annehmen kannst."

In dem Moment brüllte die Schwarzhaarige durchs Lokal:

„Hey, gibt's hier auch jemanden, der bedient?"

Bea lächelte Astrid an.

„Deshalb. Ich habe keine Lust mehr, mich länger rumscheuchen zu lassen."

„Ab jetzt scheuchst du lieber selber, was? Ich verzieh mich, also dann, ciao!"

„Ciao Astrid!"

Bea band sich die Schürze um und ging rüber zu der ungeduldigen Schwarzhaarigen. Mit einer Engelsmiene und sanfter Stimme wollte sie die Wartende beschwichtigen.

„Was darf' s denn sein?"

Die Schwarzhaarige drehte sich um, und Bea fühlte sich wie vom Schlag getroffen. Michas Augen! Quatsch, das war eine ganz andere Frau. Aber die Augen erinnerten sie an Micha. Die Frau schien auch etwas durcheinander, jedenfalls starrte sie sie mit offenem Mund an. Das war ihr seit langer Zeit nicht mehr passiert. Sie musste jetzt irgendwas sagen, sonst würde es peinlich. Aber da sagte die Frau schnell:

„Ich nehme einen Kaffee, Vivi, was willst du?"

„Eine Cola."

„Also einen Kaffee und eine Cola.“

Bea lächelte ihr zu.

„Kommt sofort.“

Nach einer Weile verabschiedete sich die jüngere blonde Frau und die Schwarzhaarige kam zu Bea an die Theke, um ihr Feuer zu geben. Auch vorher hatte sie Bea nicht aus den Augen gelassen.

Himmel, dachte Bea, was soll das werden? Wie die mich ansieht! Ich hatte mir doch nach Micha vorgenommen, mich nicht wieder zu verlieben. Ich muss mich in Acht nehmen, sonst überrollt mich etwas, was ich nicht kontrollieren kann. Aber irgendwas zieht mich zu ihr, ich kann mich nicht dagegen wehren.

„Ich habe dich noch nie hier gesehen ...“

Die Frau seufzte tief.

„Ich bin ja auch wahnsinnig viel unterwegs. Aber wenn du weiter hier arbeitest, werd ich bestimmt noch Stammgast.“

Diese Stimme! Die geht einem durch und durch.

„Was machst du denn so, dass du den ganzen Tag unterwegs sein musst?“

„Ich ... ich mach Management, betreue Musiker, junge Talente, besorge ihnen Gigs und Plattenverträge und so weiter ...“

„Klingt spannend. Du kennst bestimmt eine Menge Stars.“

„Ein paar.“

Bescheiden ist sie auch noch, eigentlich sieht sie gar nicht so aus. Eher so, dass sie auch mal energisch auf den Tisch hauen kann. Aber der Eindruck mag täuschen.

„Oh, gehört der Typ da drüben auch zu deinem Stall?".

„Wie, Stall?"

„Ich meine, ist das auch eins deiner Talente, die du betreust?"

„Der? Ach quatsch, das ist ein absoluter Loser, den betreu ich nur aus Mitleid."

„Mitleid? Ich dachte, so was kommt in einer knallharten Branche wie dem Showgeschäft nicht vor."

„Eigentlich nicht. Ich versuch da, ein bisschen was zu machen."

Bea konnte ihre Begeisterung kaum verbergen. Am liebsten hätte sie stundenlang zugehört. Die konnte bestimmt tolle Geschichten erzählen! Und was die alles erlebt haben musste! Sie zwang sich, gelegentlich zu den Gästen rüberzusehen, falls jemand eine Bestellung machen oder zahlen wollte. Zum Glück war es relativ ruhig.

Dann kam der Typ, der Musiker, zur Theke und drängte die Schwarzhaarige zum Aufbruch. Er zahlte bei Bea, und sie hörte, wie die Frau ihm etwas ärgerlich zurief:

„Mann, dann wart einfach draußen auf mich, ich bin gleich da!"

So ein Job war bestimmt auch kein Zuckerschlecken, dachte Bea. Jeder zerrte an einem und wollte was, man wurde ständig belagert von Leuten, die Karriere machen wollten. Da brauchte man sicher gute Nerven. Die Schwarzhaarige lächelte Bea an.

„Entschuldige bitte. Aber wenn ich jetzt nicht gehe, dann behauptet er noch im Nachhinein, es läge an mir, dass aus ihm nichts geworden ist."

Bea glaubte ihr, dass sie gern noch geblieben wäre. Ihr wäre es auch nicht unlieb gewesen.

„Vielleicht laufen wir uns ja mal wieder über den Weg. Ich ... ich würd mich jedenfalls freuen."

Merkwürdig, jetzt wurde die etwas unsicher. Dabei hatte Bea wirklich das Gefühl, dass es bei ihr auch gefunkt hatte.

„Ich weiß halt nie, wann ich hier bin ... die Termine ... verstehst du ... ich bin so viel unterwegs."

„Klar, ich verstehe."

Bea nickte und hatte auf einmal das Gefühl, sie dürfe die andere nicht so gehen lassen. Am liebsten hätte sie sie gar nicht mehr losgelassen. Kurzentschlossen schrieb sie ihre Handynummer auf die Handfläche der Frau.

„Melde dich einfach, wenn du Zeit hast."

„Mach ich. Bestimmt."

Einen kurzen Augenblick sahen sie sich in die Augen, und Bea glaubte darin zu versinken. Klein und schmal stand sie vor der kräftigen Frau. Wie gern würde sie sich von ihr in die Arme schließen lassen. Sehnsucht überkam Bea, seufzend wollte sie sich abwenden. Da küsste sie die Frau schnell auf den Mund und eilte dann zur Tür. Weg, verschwunden war sie. Wie versteinert blieb Bea stehen. Dann fiel ihr Blick auf das Feuerzeug, das auf der Theke liegen geblieben war.

„Hey, warte! Dein ... Feuerzeug!"

Zu spät, die Frau war weg. Bea hatte sie nicht mal nach ihrem Namen gefragt. Wie konnte sie nur so blöd sein! Keinen Namen, keine Telefonnummer, nichts. Nur das Feuerzeug. Möglich, dass sie sie nie mehr wiedersah. Bea streichelte das Feuerzeug in ihrer Hand wie ein Liebespfand. Ihr Gefühl sagte ihr etwas anderes. Sie würde diese Frau wiedersehen. Und zwar schon bald.

Knastgeschichten

ISBN 3-89748-300-9

Walter ist der Boss im Knast. Doch auch sie hat ihre schwachen, verletzlichen Seiten: Sie liebt Frauen, und ganz besonders die wegen Raubüberfall verurteilte Vivi. Erfahren Sie alles über Walters erste Liebe hinter Gittern.

ISBN 3-89748-423-4

Auch nachdem Walter und Vivi getrennte Wege gehen, ist im Liebesleben der Walter einiges geboten. Im zweiten Teil von „Walter – Liebe hinter Gittern“ erfahren Sie alles über Walters zweite große Liebe – Susanne Teubner.

ISBN 3-89748-574-5

Walter und Bea – es begann ganz harmlos in einer Kneipe während Walters Freigang. Und fand seine Fortsetzung hinter Gittern. Eine Liebe zwischen Schluse und Insassin – kann das gut gehen? Erfahren Sie alle Einzelheiten über diese explosive Mischung!

---

ie Buchreihe zur erfolgreichen RTL-Serie